DANIEL GLATTAUER

Die Liebe Geld

GOLDMANN

Buch

Alfred braucht Geld für ein Geschenk zum Hochzeitstag und erlebt einen Albtraum. Denn seit Tagen verwehrt ihm der Geldautomat den Zugriff auf sein Konto. Die Betreuerin bei der Bank versichert ihm, dass es seinen Ersparnissen gut gehe, dass sie nur gerade auf »Geschäftsreise« seien. Und dann ist da noch der smarte Bankdirektor, der über alles reden will, nur nicht über Finanzen, denn dieses Thema langweilt ihn zu Tode. Lieber präsentiert er dem mittlerweile verzweifelten Kunden die Bank der Zukunft, die das Menschliche in den Vordergrund stellt – was vor allem bei Ulli, Alfreds Ehefrau, überraschend gut ankommt.

Weitere Informationen zu Daniel Glattauer sowie zu den lieferbaren Titeln des Autors finden Sie am Ende des Buches.

Daniel Glattauer

Die Liebe Geld

Eine Komödie

GOLDMANN

Penguin Random House Verlagsgruppe FSC® N001967

1. Auflage
Taschenbuchausgabe September 2022
Wilhelm Goldmann Verlag, München,
in der Penguin Random House Verlagsgruppe GmbH
Lizenzausgabe mit Genehmigung des Paul Zsolnay Verlages, Wien
Copyright © der Originalausgabe Deuticke in der Paul Zsolnay
Verlag Ges.m.b.H, Wien 2020
Umschlaggestaltung: UNO Werbeagentur, München
unter Verwendung der Umschlaggestaltung von
Anzinger und Rasp, München
Umschlagmotiv: © Anzinger und Rasp
mb · Herstellung: ik
Satz: GGP Media GmbH, Pößneck
Druck und Bindung: GGP Media GmbH, Pößneck
Printed in Germany
ISBN: 978-3-442-49197-1

www.goldmann-verlag.de

TEIL EINS

I.

Man kann Alfred Henrich, einen Mann um die vierzig, dabei beobachten, wie er in betretener Ungläubigkeit den Bildschirm eines Geldautomaten anstarrt, schließlich seine Karte herauszieht und sie sich vor die Augen hält, um nach digitalen Spurenelementen eines offenbar unlösbaren Rätsels zu suchen. Vergeblich. Henrich lässt dem wahrscheinlich aus Japan stammenden Touristenpärchen, das hinter ihm wartet, resignativ den Vortritt und sagt:

HENRICH You can!

JAPANER *(verwundert)* We can?

HENRICH Yes, you can try it!

JAPANER You mean, it does not work?

HENRICH I don't know. For me not, for you maybe.

Die Touristen kichern asiatisch. Henrich verlässt mit gesenkten Schultern den Ort seines stillen Scheiterns.

*

Ein neuer Tag, ein neuer Anlauf. Alfred Henrich bringt seine Kreditkarte mit einem Taschentuch auf Hochglanz, schiebt sie vorsichtig in den Schlitz des Geldautomaten und wartet. – Der Apparat sendet eine offenbar unerquickliche Textnachricht aus. Die elektronische Lektüre versetzt Henrich in Rage.

HENRICH So ein Scheiß!

Ein nachrückender Kunde ist hellhörig geworden.

KUNDE Hat er sie g'schluckt?

HENRICH *(genervt)* Wie bitte?

KUNDE Hat er Ihre Karte geschluckt?

HENRICH Wer?

KUNDE Der Automat.

HENRICH Nein, nein.

KUNDE Da können S' froh sein. Wenn er die Karte schluckt, ist sie nämlich weg. Die sehen S' nie wieder. Ist mir schon passiert.

HENRICH Ah ja.

Henrich wirft dem Mann einen argwöhnischen Blick zu, wendet sich ab und stapft wütend davon.

*

Ein neuer Tag, ein neuer Anlauf, ein neuer Geldautomat. Henrich begutachtet die Maschine und tastet sie freundschaftlich ab, ehe er ihr seine Kreditkarte anvertraut. Diesmal starrt er noch länger gebannt auf den Bildschirm, schüttelt dann fassungslos den Kopf und schreit laut auf.

HENRICH *(kläglich)* Warum? Warum? Warum?

Der Kasten bleibt offenbar jede Antwort schuldig. Aber eine Passantin, die das kleine Drama beobachtet hat, entfaltet ihre volle Empathie.

PASSANTIN Wahrscheinlich ist der Automat hin.

HENRICH *(gereizt)* Nein, der Automat ist nicht hin.

PASSANTIN Oder außer Betrieb.

HENRICH Nein, er ist in Betrieb.

PASSANTIN Ah so. – Na, dann haben Sie vielleicht die Karte verkehrt hineingesteckt.

HENRICH *(sehr gereizt)* Nein, ich habe die Karte richtig hineingesteckt.

PASSANTIN Ah so. – Dann ist es der Magnetstreifen.

HENRICH Der Magnetstreifen?

PASSANTIN Ja. Meistens ist es der Magnetstreifen von der Karte. Wenn es nichts anderes ist, dann ist es der Streifen. Ich bin mir sicher, es ist der Magnetstreifen.

HENRICH *(erschöpft, resigniert)* Okay. Der Magnetstreifen.

Die Passantin geht weiter.

*

Ein neuer Tag, ein neuer Anlauf, ein neuer Geldautomat, eine neue Kreditkarte. Henrich hält das kostbare Stück zart zwischen zwei Fingern und befreit es zunächst von einer Schutzfolie und dann von letzten Staubkörnchen. Er atmet tief durch und steckt die Karte in den entsprechenden Schlitz des Automaten. Er hält, wie zur Abschirmung des Grauens vor einer zu erwartenden Horrorszene, fünf Finger schützend vors Gesicht. Die andere Hand ist zur Faust geballt.

HENRICH *(zum Automaten)* Du kannst es! Ich weiß es! Mach es! Mach es! Mach es!

Er macht es nicht. Henrich schreit laut auf und fährt seinen Arm aus, um zum befreienden Gegenschlag anzusetzen. Er bremst sich aber in der Bewegung, sieht sich nach allen Seiten hin um, nimmt Anlauf und versetzt dem Gerät einen kurzen, kräftigen Tritt.

Danach ist ihm offenbar leichter. Er atmet tief durch und steht eine Weile abseits jedes Geschehens da, um einen Plan zu fassen. Wenig später fasst Henrichs Hand ein Smartphone aus der Hosentasche.

HENRICH Hier Henrich, guten Tag. Frau Drobesch bitte.

FRAUENSTIMME Wie war der Name?

HENRICH Drobesch. Frau Drobesch.

FRAUENSTIMME *Ihr* Name, wie war *Ihr* Name? Ich brauche *Ihren* Namen.

HENRICH *(schon sehr genervt)* Henrich!

FRAUENSTIMME Hendrich?

HENRICH *(extrem genervt)* Henrich. Wie Heinrich ohne »i«. »Hen« wie Henne ohne »ne« und »rich« wie Richard ohne »ard« oder wie »reich« auf Englisch, nur deutsch ausgesprochen. HENRICH!

FRAUENSTIMME Herr Henrich, Frau Magister Drobesch ist gerade in einer Zoom-Konferenz. Darf ich ...?

HENRICH *(zornig)* Nein. Ich möchte sie dringend sprechen, und zwar nicht nur dringend, sondern sofort, also gleich, nämlich jetzt.

FRAUENSTIMME Herr Henrich, Frau Magister Drobesch ist momentan wie gesagt leider in einer Video-Besprechung. Aber vielleicht kann ich Ihnen ...?

Alfred Henrich reißt das Telefon vom Ohr, drückt das Gespräch wuchtig weg und setzt sich hastig in Bewegung.

Wenig später betritt er das Bankgebäude. Der sterile Empfangsbereich ist voll automatisiert und menschenleer. An der verwaisten Portiersloge prangt ein Schild mit der Aufschrift »Weil jeder Mensch zählt«.

Henrich, dessen Adrenalinspiegel bereits eine beachtliche Höhe erreicht hat, wird von einer Glasbarriere am Durchmarsch in den Geschäftsbereich gehindert. Er drückt mit der Schulter dagegen. Das ruft eine elektronische Stimme auf den Plan.

TONBAND Lieber Kunde, bitte verwenden Sie unseren übersichtlichen und benutzerfreundlichen Service-Point-Info-Screen-Desk. Bei Kredit-Angelegenheiten drücken Sie bitte die Eins. Bei Bargeld-Angelegenheiten drücken Sie bitte die Zwei. Für Terminvereinbarungen drücken Sie bitte die Drei ...

Irgendwie gelingt es Henrich – trotz fahriger Gesten in höchster Anspannung –, das Tonband per Knopfdruck zu stoppen. Nun meldet sich die Frauenstimme von vorhin. Die Frau ist zwar physisch nicht anwesend, aber über einen Bildschirm visualisiert und ansprechbar.

FRAUENSTIMME Guten Tag, wie kann ich Ihnen helfen?

HENRICH *(dauerhaft erregt und missmutig)* Indem Sie mir die Tür öffnen.

FRAUENSTIMME Wo wollen Sie hin?

HENRICH Zu Frau Drobesch.

FRAUENSTIMME Welche Nummer?

HENRICH Was für eine Nummer?

FRAUENSTIMME Verzeihung, aber haben Sie keine Nummer gezogen?

HENRICH *(lacht)* Nein, nein, ich habe keine Nummer gezogen, ich ziehe keine Nummern, ich brauche keine Nummern, ich bin hier keine Nummer. Ich will einfach nur zu Frau Drobesch. Sonst nichts.

FRAUENSTIMME Aber Sie haben keinen Termin.

HENRICH Doch, ich habe einen Termin.

FRAUENSTIMME Tut mir leid, aber Sie haben leider keinen Termin vereinbart.

HENRICH Doch, ich habe ihn vereinbart.

FRAUENSTIMME Mit wem?

HENRICH Mit mir. Ich brauche ihn. Und zwar dringend. Ich bin langjähriger Kunde. Frau Drobesch kennt mich.

FRAUENSTIMME Tut mir leid, aber Frau Drobesch ist gerade in einer Besprechung.

Henrich beugt sich über die Absperrung.

HENRICH Dann ist sie aber in einer Selbst-Besprechung. Ich kann sie nämlich von hier aus sehen. Dahinten sitzt sie. Ganz alleine. *(Er ruft hinüber.)* Frau Drobesch, Frau Drobesch!

Henrich gestikuliert heftig.

FRAUENSTIMME Schon gut, schon gut. Ich werde Frau Magister Drobesch benachrichtigen, dass hier ein ... Kunde ist, der sie dringend sprechen will. Wen darf ich melden?

HENRICH Sie müssen gar niemanden mehr melden, das hat sich erübrigt, ich bin schon da. Also öffnen Sie mir bitte die Tür.

FRAUENSTIMME Tut mir leid, aber ich darf hier aus Sicherheitsgründen niemanden einlassen, der keine Nummer hat und nicht angemeldet ist. Wie war der Name?

Alfred Henrich beugt sich weit über die Absperrung und ruft lauthals.

HENRICH Frau DROBESCH! Frau DROOO-BESCH!

Ein paar Augenblicke vergehen, dann öffnet sich von innen die Glasschiebetür. Frau Magister Tanja Drobesch, eine geschäftsmäßig gekleidete, herb-charmante Frau um die vierzig, tritt auf. Erst wendet sie sich flüchtig der Bildschirm-Frau zu.

DROBESCH *(halblaut)* Danke, Frau Selnig. Gute Arbeit. Schicken Sie mir Ihren Bewertungsfragebogen. Ich übernehme jetzt.

Nun wendet sie sich ruhig und äußerst freundlich, wie eine passionierte Betreuerin, die das über viele Jahre trainiert hat, dem Kunden zu.

DROBESCH Ah, Herr Henrich, was kann ich für Sie tun, wo drückt der Schuh?

HENRICH *(erst wutschnaubend und nach Luft ringend, dann laut und eindringlich)* ICH KANN KEIN GELD ABHEBEN! Und zwar schon seit fünf Tagen nicht.

DROBESCH Oje, das ist bedauerlich. Dann ist wahrscheinlich Ihre Bankomatkarte schadhaft. Ich denke, es ist der Magnetstreifen ...

HENRICH *(explosionsartig)* NEIN! Es ist nicht der Magnetstreifen! Es ist das verdammte Geld. Ich kriege es nicht, er gibt es mir nicht, er verweigert mir den Zugriff.

DROBESCH Wer?

HENRICH *(sehr aufgeregt)* Der Automat. Er schreibt »Bargeld-empfang von diesem Konto derzeit nicht möglich« oder so ähnlich. Und das macht er seit fünf Tagen. Und alle anderen Geldautomaten machen das ebenfalls. Und ich kann auch nicht mit der Karte bezahlen, mit keiner Karte – Kreditkarte, Kundenkarte, Sch..., Sch..., Girokarte. Ich kann überhaupt nicht bezahlen. Ich bin zahlungsunfähig. Das ist ungeheuerlich.

DROBESCH Oje. Ja, das ist natürlich ... unangenehm. Das ver-stehe ich, das wäre mir in der gleichen Situation ebenfalls un-angenehm.

HENRICH Ja, unangenehm, das ist es. Was tun wir?

DROBESCH Ich denke, das müsste man sich ... das müsste man sich einmal genauer anschauen.

HENRICH *(laut)* Ja, das denke ich auch!

DROBESCH Herr Henrich, hätten Sie vielleicht übermorgen, das ist der Mittwoch, hätten Sie da am Vormittag, so etwa zwi-schen ...

HENRICH *(sehr laut)* Nein, nicht übermorgen am Vormittag. Jetzt! Ich brauche Geld! Ich brauche mein Geld! Und zwar jetzt!

Frau Drobesch lächelt verlegen und zwinkert Alfred Henrich bemüht verständnisvoll bis halbherzig solidarisch zu. Sie blickt auf die Uhr.

DROBESCH *(gönnerisch)* Wissen Sie was? – Dann schiebe ich Sie rasch ein. Das ist zwar ... nicht vorgesehen. Das ist eigentlich auch gar nicht erlaubt. Aber das mache ich für Sie. Ich schiebe Sie ein.

HENRICH Ja, schieben Sie, ich bitte darum.

Frau Drobesch steuert auf den Aufzug zu, Alfred Henrich trippelt ihr nach.

DROBESCH Beratungszimmer siebzehn müsste frei sein.

HENRICH Gut.

DROBESCH Dann fahren wir hinauf.

HENRICH Hinauf?

DROBESCH Ja, es geht hoch hinauf, in den zwölften Stock.

HENRICH Gut.

DROBESCH Haben Sie Höhenangst?

HENRICH Nein. Ich habe ganz andere Ängste.

DROBESCH Sehr gut. Ich frage das nur routinemäßig, ich frage das immer, zur Sicherheit, wissen Sie.

HENRICH Aha.

Sie betreten den Fahrstuhl. Dieser lässt sich bei seinem Weg nach oben alle Zeit der Welt. Und unter persönlichen Druck geratene Kunden wie Herr Henrich müssen da natürlich tüchtig bei Laune gehalten werden. Eine Doppelbelastung für Frau Drobesch, die gleichzeitig auf ihrem Mobilgerät hantiert, vermutlich, um Post zu erledigen oder andere Kunden ebenfalls bei Laune zu halten beziehungsweise sich ihrer Laune bestmöglich zu entziehen.

DROBESCH Und sonst, Herr Henrich? Viel zu tun?

HENRICH Ja.

DROBESCH Wer nicht, nicht wahr?

HENRICH Ja.

DROBESCH Man hat den Eindruck, es wird von Jahr zu Jahr schlimmer, nicht wahr?

HENRICH *(vermutlich zynisch)* Ja, es wird schlimmer. Alles wird schlimmer. Coronavirus. Klimawandel. Einkommensschere. Bienensterben.

DROBESCH Wie bitte?

HENRICH Ach nichts.

DROBESCH Und die Zeit zerrinnt einem förmlich zwischen den Fingern.

HENRICH Ja, förmlich.

DROBESCH Man kommt zu gar nichts mehr.

HENRICH Nein. Manchmal nicht einmal zu seinem eigenen Geld.

Sie lächelt gekünstelt. Kurze Sprechpause, aber der Weg ist noch weit.

DROBESCH Und, Herr Henrich, wie geht es der Familie? Alle gesund geblieben?

HENRICH Die Schwiegermutter ist vor ein paar Wochen ... gestorben.

DROBESCH *(tief in ihr Handy versunken)* Das ist das Wichtigste, nicht wahr?

HENRICH Was?

DROBESCH Dass alle gesund sind.

HENRICH Ja.

DROBESCH Ich sage immer, alles andere ist nebensächlich, alles lässt sich ersetzen. Alle Probleme lassen sich irgendwie lösen. Alle Sorgen sind letztlich so klein. Das Einzige ... was ... wirklich ... zählt ... ist ... die ...

Frau Drobesch – es hatte sich schon angekündigt – muss einmal kräftig in die Armbeuge niesen.

HENRICH Gesundheit.

DROBESCH Sie sagen es. Danke.

2.

Endlich haben sie das Beratungszimmer siebzehn erreicht. Sie setzen sich. Frau Drobesch wirft den Computer an.

DROBESCH So. Dann schauen wir uns die Sache einmal an.

Frau Drobesch schaut sich die Sache an, Alfred Henrich die unbefriedigend starre Miene von Frau Drobesch, und zwar ziemlich lange.

HENRICH Und?

DROBESCH Ja also, es ist ... nicht der Magnetstreifen. Ihre Karte funktioniert einwandfrei, das ist doch schon einmal erfreulich.

HENRICH *(gereizt)* Was ist es dann?

DROBESCH Es ist, was ich erwartet habe. An sich nichts Dramatisches. Es gibt jedenfalls keinen Grund ... beunruhigt zu sein. Die Geldflüsse, das ist alles ganz normal. Es könnte eigentlich schon ab morgen wieder ... oder übermorgen ... Sie können also bald wieder abheben. Fristgerecht.

HENRICH *(wütend)* Fristgerecht? Was heißt fristgerecht? Welche Frist soll hier gerecht sein? Gibt es etwas Ungerechteres als eine Frist, um zu seinem eigenen Geld zu gelangen? Ich brauche es. Ich brauche Geld. Mein Geld! Und zwar sofort! Ohne Geld gehe ich hier nicht weg.

Frau Drobesch kichert wie über einen unanständigen Witz, findet dann aber rasch wieder zur Ernsthaftigkeit zurück.

DROBESCH Nein, schauen Sie, Herr Henrich, ich will ganz offen zu Ihnen sein. Ihr Konto ist vorübergehend ...

HENRICH Gesperrt?

DROBESCH *(lächelt)* Nein, nicht gesperrt, es ist ... und das ist die gute Nachricht, es ist ... Ihr Geld ist weiterhin gut angelegt und bestens abgesichert.

HENRICH Was heißt angelegt? Was heißt abgesichert? Ich will es haben. Ich will mein Geld. Ohne Geld gehe ich hier nicht weg ...

Drobesch unterbricht ihn. Sie reagiert zunehmend fahrig.

DROBESCH Also ich sage Ihnen jetzt noch einmal ... Ich sehe da längerfristig überhaupt kein Problem.

HENRICH *(laut)* Was heißt längerfristig?

DROBESCH Herr Henrich, beruhigen Sie sich. Es ist alles in Ordnung. Es gibt von unserer Seite her keine Veranlassung, am Fixzinssatz von plus 0,05 Prozent zu rütteln. Das ist eine gute Nachricht.

HENRICH Das ist eine gute Nachricht? Und was ist dann eine schlechte Nachricht?

DROBESCH Es gibt keine schlechte Nachricht in dem Sinn. Es ist nur ...

HENRICH Gut, dann möchte ich bitte sofort Geld abheben.

Frau Drobesch ist auch nur ein Mensch und lässt eine gewisse Übersättigung mit dem emotionell bedingt eingeschränkten Wortschatz des Kunden Henrich erkennen. Ihr Lächeln verschwindet, und ihre Stimme hebt sich.

DROBESCH Herr Henrich, Sie können momentan kein Geld abheben.

HENRICH Warum nicht?

DROBESCH Weil ...

HENRICH Ja?

DROBESCH Weil es nicht da ist.

HENRICH *(außer sich)* Was?

DROBESCH *(energisch)* Ja. Ihr Geld ist derzeit nicht da. Es ist zwar natürlich vorhanden. Es ist nicht vom Erdboden verschluckt worden. Es ist nur leider nicht verfügbar. Es ist nicht abhebbar. Es ist nicht da. Es ist einfach nicht da. Was soll ich tun? Ich kann es nicht herbeizaubern.

HENRICH Haben wir jetzt auch noch eine Bankenkrise?

DROBESCH Nein, wir nicht. Äh, Sie ... vielleicht ein bisschen, also Ihr Geld ...

HENRICH Was ist mit meinem Geld? Wo ist es? Wo ist mein Geld? Ich will mein Geld.

DROBESCH Es ist ... veranlagt. Es ist ... unterwegs. Es ist ... sozusagen auf Geschäftsreise.

HENRICH Auf Geschäftsreise?

DROBESCH Ja, Ihr Geld ist auf Geschäftsreise. Es ist also vorhanden. Und es ist beschäftigt. Es arbeitet.

HENRICH *(tobend)* Es arbeitet? Was heißt, es arbeitet? Was arbeitet es? Woran arbeitet es? Für wen arbeitet es? Erklären Sie mir das.

DROBESCH *(laut)* Es arbeitet – an und für sich – für sich selbst. Und für Sie natürlich. Es muss arbeiten, damit es Ihnen auf Dauer erhalten bleibt, damit es sich vielleicht … sogar … einmal wieder … vermehrt. Das ist das Bankenwesen, so funktioniert das. Das ist der Sinn.

HENRICH *(weiterhin tobend)* Was ist das für ein Sinn? Was ist das für ein Blödsinn? Ich bin seit fünfzehn Jahren treuer Kunde Ihrer Bank …

DROBESCH Es ist nicht meine Bank, die Bank gehört nicht mir. Noch nicht.

Sie bemüht sich zu lächeln, um die Situation zu entschärfen. Gelingt nicht.

HENRICH Hören Sie, ich habe 40 000 Euro …

DROBESCH *(blickt auf ihren Bildschirm)* 39 485,13. Der Di-Dschee ist gestern ein bisschen in die Knie gegangen.

HENRICH Wer? Was?

DROBESCH Kein Grund zur Beunruhigung. Das sind die ganz normalen Kniebeugen in den USA. Einmal runter, einmal rauf, das ist sein Sport, das sind quasi Dehnungsübungen. Das macht ihn stark, ausdauernd, aber natürlich unberechenbar. Es ist ein ewiges Auf und Ab. Das macht er praktisch täglich.

HENRICH Wer? Trump?

DROBESCH Nein, der Di-Dschee. Der Dow-Jones.

HENRICH Ah so. Der. Ah ja.

Henrich wird nach der kurzen Irritation rasch wieder laut und eindringlich.

HENRICH Egal. Ich habe rund 40 000 Euro. Das ist mein gesamtes Erspartes. Das ist alles, was ich besitze. Das ist hart erarbeitetes Geld. Über viele Jahre. Von mir persönlich. Von mir. Von mir. Von mir. Das ist meine Arbeit. Und das ist mein Vermögen.

DROBESCH Schon gut, schon gut. Regen Sie sich nicht so auf.

HENRICH *(regt sich weiterhin nicht minder auf)* Mein gesamtes Geld liegt bei Ihnen. Ich habe es Ihnen anvertraut. Es liegt auf, auf, auf … Sparbüchern. Plus-Konto, Sparkonto, Girokonto, Scheißkonto. Wie das alles heißt. Keine Ahnung. Aber es ist mein Geld. Und sollte es tatsächlich gerade arbeiten, dann werden wir es bei der Arbeit unterbrechen, dann werden wir es bei der Arbeit stören, dann werden wir es von der Arbeit abziehen. Dann hat es Freizeit! Und diese Freizeit verbringt es mit mir. Und ich mit ihm. Denn es ist MEIN Geld! Und ich will es sofort haben.

3.

Am Höhepunkt des Henrich'schen Zornesausbruchs betritt ein Mann, etwa im gleichen Alter wie Henrich und Drobesch, das Beratungszimmer. Er trägt einen teuren dunklen Anzug, die edle Krawatte sitzt perfekt, die eleganten Schuhe sind auf Hochglanz gebracht. Der Mann strahlt vornehme aristokratische Ruhe aus. In seinem Gesicht spiegelt sich Erhabenheit, seine Gesten sind souverän gesetzt. Allein seine angenehme Stimme, die dezent nasales Schönbrunner-Deutsch vom Feinsten transportiert, leitet rasch eine Phase der Deeskalation ein.

EDEL GEKLEIDETER MANN Ich habe von draußen laute Töne vernommen, als würde jemand schreien. Gibt es ein Problem, Frau ... äh ... Magister Drobesch?

Die Erscheinung des smarten Neuankömmlings hat paralysierende Wirkung, sodass es ihr kurz die Rede verschlägt.

HENRICH Ja, es gibt ein Problem, ein massives.

DROBESCH Äh. Darf ich vorstellen, das ist Herr Henrich. Ein Kunde, ein langjähriger. Und das ist unser neuer ... unser neuer ... der Chef des Hauses persönlich. Diplomkaufmann Doktor Julius Cerny.

Cerny verbeugt sich und hebt die gefalteten Hände zum Corona-Gruß. Er wirkt im Folgenden einfühlsam und geduldig. Er redet auf den Kunden wie auf ein krankes Pferd ein.

CERNY No, Herr Henrich, was hamma denn? Wo tut's denn weh? Wie kann ich Ihnen helfen? Was es auch ist, wir werden eine Lösung finden, das darf ich Ihnen jetzt schon versprechen.

HENRICH Das hoffe ich sehr. Und ich kann die Lösung auch gleich beim Namen nennen. Ich will Geld. Mein Geld! Ich habe 40 000 Euro auf dem Konto. Und die Bank, meine Bank, also Ihre Bank ...

CERNY No, sagen wir, unsere gemeinsame Bank ...

HENRICH Diese Bank, die verweigert mir seit einer Woche jeden Zugriff. Aber es ist mein Geld. Ich will es. Ich brauche es. Ich bitte darum.

Cerny nickt verständnisvoll, lächelt milde und seufzt tief.

CERNY *(vor sich hin sinnierend)* Ja, das Geld. Das liebe, liebe Geld.

Er blickt kurz auf seine exquisite Armbanduhr und wendet sich Frau Drobesch zu.

CERNY No, ich schlage vor, wir nehmen einmal einen guten kräftigen Kaffee, dann sieht die Welt gleich anders aus.

Sie sieht ihn verdutzt an.

CERNY Herr Henrich?

HENRICH Nein danke, für mich nur ein Glas Leitungswasser.

CERNY *(lacht auf)* No, geh, Sie müssen uns nicht beim Sparen helfen, so arm sind wir noch nicht, ein paar Nespresso-Hütchen können wir schon noch aus dem Ärmel zaubern, nicht wahr? Und Sie, Frau Drobesch?

DROBESCH Danke, später.

CERNY Also für mich bitte einen doppelten Espresso mit zwei Stück Zucker. Und ein Butterkeks.

Frau Drobesch fällt es schwer, ihre Verwunderung zu verbergen. Schließlich bedient sie die Sprechanlage.

DROBESCH *(süßlich)* Frau Selnig, seien Sie ein Schatz und bringen Sie uns auf siebzehn bitte einen großen Espresso mit viel Zucker und so ein braunes ... so ein Keks, Sie wissen schon. Und ein Glas Wasser ...

Cerny unterbricht und hebt zwei Finger hoch.

DROBESCH Zwei Glas Wasser. Danke, Frau Selnig.

Cerny klopft Herrn Henrich amikal auf die Schulter und wendet sich Frau Drobesch vor dem großen Computermonitor zu.

CERNY No, dann schauen wir uns den Fall Henrich einmal aus der Nähe an.

Cerny und Drobesch stecken ihre Köpfe zusammen, betrachten das Display, grübeln, tuscheln und tauschen vertrauliche Informationen aus. Ein paar Worte werden hörbar.

DROBESCH Sehen Sie hier. Und hier. Und hier.

CERNY Interessant.

DROBESCH Und hier noch einmal.

CERNY Ja, das nimmt kein Ende.

Abwechselnd drehen sie sich zum Kunden Henrich, um ihn zu taxieren. Cerny zückt ein Tablet und macht sich anscheinend Notizen.

HENRICH *(mischt sich ein)* Was nimmt kein Ende?

DROBESCH *(zu Henrich)* Augenblick noch, Herr Henrich. Wir sind gleich so weit.

Es wird weiter getuschelt. Henrich ist unruhig.

CERNY Gehen Sie vielleicht da noch einmal hinein.

DROBESCH Okay. Da haben wir's.

CERNY No.

DROBESCH Ja, da sieht man es schön, da sieht man es auf einen Blick.

CERNY Ich verstehe, ich verstehe.

Inzwischen langen die Getränke ein, die Frau Drobesch gleich bei der Tür in Empfang nimmt und verteilt. Schließlich wendet sich Cerny direkt dem Kunden zu, mit mahnend erhobenem Zeigefinger und gespielter Strenge bei gleichzeitig schmunzelndem Gesicht.

CERNY Herr Henrich, Herr Henrich, Herr Henrich.

HENRICH Was gibt es?

CERNY Na, da haben wir schon ein bisserl geurasst.

HENRICH Geurasst? Was soll denn das schon wieder heißen?

CERNY Kennen Sie das Wort nicht? Ist vielleicht eher antiquiert. Das hat meine Großmutter immer gesagt. Julius, Bub, tu nicht urassen, tu nicht urassen! Und wichtig war es. Und richtig war es. Und gut hat's mir getan.

HENRICH *(in dem sich gerade wieder gehörig Wut aufbaut)* Was wollen Sie damit sagen?

CERNY *(liest mitleidig von seinem Tablet)* Was ich damit sagen will? – 4. März 300 Euro. 13. März 800 Euro. 28. März 1400 Euro. 16. April, gut da waren es nur 150 Euro. Aber am 5. Mai 2300 Euro. No, no, no. Da haben S' mir gar ein bisserl viel Geld abgehoben in letzter Zeit.

HENRICH *(empört)* Erstens habe ich es nicht IHNEN abgehoben, sondern ich habe es MIR abgehoben. Und zweitens kann ich von meinen Ersparnissen abheben, so viel und so oft ich will.

CERNY *(ruhig, weise lächelnd)* Ja, freilich können Sie das. Aber Sie dürfen sich nicht wundern, wenn dann das herauskommt, was bei Ihnen gerade herausgekommen ist.

HENRICH Und was bitte ist bei mir herausgekommen?

CERNY No ja, nichts. Denn irgendwann ist Schluss. Irgendwann geht es dann nicht mehr. Wenn man zu oft wo hineingreift, kriegt man eben irgendwann einmal nichts mehr heraus. Da brauchen wir gar keine Fiskaltheorie bemühen. Das ist ein physikalisches Gesetz. Nicht wahr, Frau Drobesch?

HENRICH *(brüllt)* Moment, Moment, ich lass mich doch von Ihnen nicht verarschen. Ich habe noch 40 000 Euro auf meinem Konto. Das ist nicht nichts. Das ist viel Geld. Und das ist vor allem mein Geld. Und damit kann ich ... urassen, urassen, urassen, so viel und so lange ich will.

CERNY Sie müssen mich nicht so anschreien, Herr Henrich, ich bin nicht schwerhörig. Ich werde aber wohl schwerhörig werden, wenn Sie mich weiter so anschreien. Und wenn ich einmal auf einem Ohr taub bin, dann wird Ihnen das bestimmt nicht zum Vorteil gereichen in Ihrer Situation, das wage ich zu prophezeien. Und überdies: Aus einer halben Wahrheit wird eben auch keine ganze, wenn man sie in die Welt hinausbrüllt, als gäbe es kein Morgen mehr. Nicht wahr?

Cerny dreht sich immer wieder zu Frau Drobesch und wartet auf ihr bestätigendes Nicken, als wollte er sich seine Worte von ihr absegnen lassen.

HENRICH *(tobt weiter)* Was soll daran nur eine halbe Wahrheit sein, verdammt noch mal?

CERNY *(bleibt behutsam)* No, die wahre Hälfte ist, dass auf den von uns für Sie liebevoll eingerichteten Konten tatsächlich insgesamt noch hübsche 40 000 Euro geparkt sind. Und die unwahre Hälfte – da bitte ich die Frau Drobesch, denn die weiß das aus erster Hand. Unwahr ist, dass Sie, Herr Henrich damit weiter nach Belieben uuuu...

Mit einer dirigentenhaften Geste übergibt er Drobesch das Wort. Sie nimmt es professionell auf.

DROBESCH Urassen können! Denn es ist zwar eine schöne Summe vorhanden, aber nur als Zahl, nicht als Geld selbst. Dieses ist derzeit bedauerlicherweise unerreichbar für Sie.

CERNY Natürlich nur haptisch. Haptisch unerreichbar.

DROBESCH Es befindet sich nämlich, wie gesagt, auf Geschäfts-reise.

HENRICH *(tobt weiter und weiter)* Was heißt hier Geschäftsreise? Wo? Wo auf Geschäftsreise? Wo ist mein Geld?

DROBESCH Wo? Wahrscheinlich in Russland.

HENRICH In Russland?

DROBESCH Ja. Wahrscheinlich im Öl.

HENRICH Im Öl? Mein Geld ist im russischen Öl?

DROBESCH Ja, vielleicht. Oder im Gas. Oder im Stahl. Was weiß ich.

CERNY Jedenfalls nicht im Sand. Nicht in den Sand gesetzt. Zu Ihrer Beruhigung.

Cerny lächelt.

DROBESCH Ja, Ihr Geld ist derzeit im Ausland, und dort arbeitet es. Dort schuftet es. Für Sie. Für Ihre Zukunft. Und die Zukunft Ihrer Kinder.

HENRICH Ich habe noch gar keine Kinder.

DROBESCH Ich sage ja – Zukunft.

CERNY Die Zukunft kommt schneller, als man denkt, Herr Henrich.

HENRICH *(in einem kläglichen Aufschrei)* Aber es handelt sich doch um mein eigenes, persönliches, hart verdientes Geld, es steht mir zu. Mir und nur mir. Und zwar in der Gegenwart. Und zwar hier und jetzt.

CERNY Ihr eigenes Geld, sagen Sie? No, das ist leider auch nur die halbe Wahrheit.

HENRICH Oh nein.

Alfred Henrich sackt in sich zusammen und schlägt seine Hände beschwörend vors Gesicht. Sein Widerstand scheint erstmals zu bröckeln. Cerny schickt sich an, väterlich den Arm um Henrichs

Schultern zu legen, zieht aber Corona-bedingt zurück. Er lässt sich mit mitleidsvollen Gesten viel Zeit, um schließlich in beschwichtigendem Tonfall neu anzusetzen.

CERNY *(liest von seinem Tablet)* Lieber Herr Henrich, reden wir einmal ein bisserl über Sie, über Ihren Werdegang. – Sie haben sich vor gut zwanzig Jahren für den wunderbaren Lehrberuf des Augenoptikers entschieden, haben es dort – tüchtig, wie Sie sind, das sieht man auf einen Blick – haben es dort zum Meister gebracht und arbeiten nun schon seit dreizehn Jahren bei der Firma Feldmeyer, Filiale Kellhorngasse, wo Sie mittlerweile – schlagen Sie mich oder filmen Sie mich auf Ibiza, wenn es nicht stimmt – wo Sie monatlich netto 2350 Euro verdienen. No, gar nicht schlecht in Zeiten wie diesen.

HENRICH Wieso wissen Sie das so genau?

CERNY Das weiß er so genau. *(Cerny klopft zart auf den Computer.)* Und daher weiß es Frau Drobesch so genau, und deshalb weiß es auch ich so genau. Wir haben keine Geheimnisse voreinander, zumindest keine Bankgeheimnisse, nicht wahr, Frau Drobesch?

Cerny zwinkert ihr diabolisch zu.

HENRICH Okay. Worauf wollen Sie hinaus?

CERNY Herr Henrich, no, wer, glauben Sie, bezahlt Ihnen denn diese 2350 Euro vierzehn Mal im Jahr? Wer kann sich das leisten? Ist es Ihr Brötchengeber? Ist es die Firma Feldmeyer?

HENRICH Natürlich.

CERNY No, eben nicht.

HENRICH Sondern?

CERNY Wir.

HENRICH Wer wir?

CERNY Frau Magister Drobesch, Herr Doktor Cerny. Und, und, und.

HENRICH Was?

CERNY No, wir hier, Ihre Bank. Bitte erklären Sie es ihm, Frau Drobesch.

Frau Drobesch lässt sich bei ihren Ausführungen Zeit und stellt Henrich damit auf eine neuerliche Nervenprobe.

DROBESCH Die Firma Feldmeyer war ... ursprünglich ... ein Familienunternehmen. Wussten Sie das?

HENRICH *(fahrig)* Nein. Doch. Ja. Na und?

DROBESCH Gegründet 1971. Von Ilse und Karl Feldmeyer. Ein junges, frisch verliebtes Unternehmer-Ehepaar mit ehrgeizigen Zielen.

HENRICH Freut mich.

CERNY No, und die haben ja auch ganz schön was geleistet, nicht wahr.

DROBESCH Das kann man mit Fug und Recht behaupten. 134 Niederlassungen in Europa. 134 Kinder. Wissen Sie, was es heißt, 134 Kinder zu betreuen?

HENRICH Nein.

CERNY *(zu Drobesch)* Er hat ja noch nicht einmal ein Kind.

DROBESCH Da braucht man viel Geduld und Ausdauer und Kraft und Energie. Und auch viel Glück. Und einen langen Atem. Und Beistand. Und helfende Hände.

CERNY Und jemanden, der an dich glaubt.

HENRICH *(hochgradig nervös)* Na und? Warum erzählen Sie mir das? Was hat das mit mir zu tun?

DROBESCH Sehr viel. Denn dann kam die Finanzkrise 2008. Und da sind die rührigen Feldmeyers mit ihren 134 Filialen ganz gehörig ins Strudeln geraten. Ja, und sie waren am besten Wege, den Bach runterzugehen.

HENRICH Und? Was hat das bitte mit ...

DROBESCH Wir haben sie aufgefangen, wir haben sie gestützt.

CERNY No, sagen wir's vielleicht ein bisserl poetischer: Wir haben für sie ein neues Bachbett errichtet.

DROBESCH Wir haben sie mit Millionen-Krediten am Leben erhalten – und tun es noch immer.

HENRICH Freut mich. Aber was hat das bitte schön ...

DROBESCH Begreifen Sie doch – ohne uns gäbe es die Firma Feldmeyer nicht mehr. Ohne uns hätten Sie, lieber Herr Henrich, längst Ihren Job verloren. So sieht es nämlich aus.

HENRICH Und da bin ich Ihnen nun zu ewiger Dankbarkeit und Unterwürfigkeit verpflichtet, oder was?

DROBESCH Nein, aber Sie sollten vielleicht einmal wissen, dass wir es sind, die Sie finanzieren, die Ihr Einkommen sichern, die Ihnen Ihr Gehalt bezahlen, Monat für Monat.

CERNY Die für Ihren Lebensunterhalt aufkommen, Tag für Tag.

DROBESCH Herr Henrich, wir erhalten Sie. Die 40 000 Euro, die von Ihren Ersparnissen noch übrig sind, die Sie noch nicht hinausgeschleudert haben – die kommen von uns, das ist im Grunde unser Geld.

Diese Botschaft hat auf den Kunden eine vernichtende Wirkung. Henrich ringt zunächst nach Worten, dann nur noch nach Luft. Er findet offenbar kein Ventil mehr für seine immens angewachsene Empörung.

CERNY No, formulieren wir es vielleicht etwas kulanter. – Die 40 000 sollen Ihnen natürlich bleiben, da sind wir nicht päpstlicher als der Papst, die wollen wir für Sie erhalten, die lassen wir für Sie arbeiten, die seien Ihnen von ganzem Herzen vergönnt in harten Zeiten wie diesen ... Aber Sie werden uns schon gestatten, dass wir unser schützendes Auge darauf werfen. Und da müssen wir natürlich ein bisserl aufpassen, dass Sie, Herr Henrich, nicht auch noch mit dem Rest des Ersparten über alle Maßen ...

Er übergibt das Wort an Frau Drobesch.

DROBESCH Urassen.

CERNY *(lächelt)* Ganz genau.

4.

Alfred Henrich ist am Boden zerstört und vergräbt sein Gesicht in den Händen. Er scheint zu kapitulieren. Die resignative Stille wird von einer Handy-Tonfolge unterbrochen. Henrich richtet sich auf, zieht ein Smartphone aus dem Hosensack, weicht ein paar Schritte zur Seite und nimmt den Anruf entgegen. Er versucht sich zusammenzureißen und seinen erbärmlichen Zustand zu überspielen.

HENRICH Hallo, Ulli-Maus, nein, nein, alles okay. Ich kann nur nicht so ... Ich bin nämlich ... Na sag, Mäuschen. Ein ... aha ... ein Zahlschein ... Mahngebühr? Was? *(Entsetzt.)* Wie viel? Nein, das, das können sie nicht ... Das zahlen wir nicht, da, da, da gehen wir vor Gericht. Mach dir keine Sorgen, das regeln wir.

(Pause.)

Nein, noch nicht, noch nicht, aber ... aber ... es klärt sich auf. Ich bin gerade ... ja genau ... na sicher ... Was glaubst du ... Ich mach denen ordentlich Dampf ... Die können sich was anhören von mir ... ja, zum obersten Chef persönlich ... natürlich! Die werden mich kennenlernen!

(Pause.)

Ja ... ja ... kommst du nicht ... kommst du nicht dazu, Ulli-Maus, okay. Klar kann ich das ... Nein, ich merk es mir, sag ruhig. – Milch, Butter, Brot, ja, ja, das Roggenbrot, nein, nicht das aufgeschnittene, ich weiß schon ... Paprika, Gurke, Sojasauce, Eier, Reis ... ja, nicht den ... okay. Uncle Ben's, die rote Packung, Basmati, ja, kenne ich, alles klar, mach ich ...

Während »Ulli-Maus« telefonisch die Einkaufsliste diktiert, greift Alfred Henrich – seinem Gesichtsausdruck nach zu schließen offenbar in schlimmer Vorahnung – in den Hosensack und kramt eine schmale, schlanke Geldbörse hervor. Er merkt nicht, dass die Banker ihn längst beobachten. Frau Drobesch hat sich sogar Notizen gemacht.

HENRICH Und Klopapier, das gelbe, mach ich. Und Feuchttücher, brauchen wir die? Okay, okay. Und Abschminktücher, wie schauen die aus? ... Ja, das weiß ich schon, dass »Abschminktücher« draufsteht, aber wie erkenne ich die, wie schauen die aus? Gut, da werde ich ... einfach fragen. Passt. Gut. Mach ich. Klar. Bis dann. Ich dich auch, Ulli-Maus. Bussi. Bussi. Bussi.

Henrich steckt sein Handy ein. Hastig und verstohlen nimmt er Einblick in den Inhalt seiner Geldbörse. Mehr als ein Fünf-Euro-Schein und ein paar Münzen kommen nicht zum Vorschein. Schnell lässt er die Börse wieder verschwinden. Er steuert eine Sitzgelegenheit an und versinkt darin. Nicht nur physisch, auch mental scheint sein Tiefpunkt erreicht.

DROBESCH Schlechte Nachrichten, Herr Henrich?

CERNY Gibt es Probleme daheim?

DROBESCH Hängt der Haussegen schief?

Henrich bleibt in sich versunken und schüttelt nur immer wieder den Kopf.

CERNY Es wird einem heutzutage schon sehr viel abverlangt, nicht wahr?

DROBESCH Der Beruf. Die Familie. Die Tretmühlen des Alltags.

CERNY Die Last der Freizeit.

DROBESCH Der Virus. Der Stress. Die Kinder.

CERNY *(zu Drobesch)* Er hat noch keine Kinder.

DROBESCH *(zu Cerny)* Das ist auch nicht immer so unproblematisch.

CERNY *(wieder zu Henrich)* Also, Herr Henrich, was ist es? Haben S' einfach keinen besonders guten Lauf momentan, nicht wahr?

DROBESCH Sind Sie ein bisschen in die Bredouille geraten?

CERNY Geht Ihnen, auf gut Wienerisch, der Arsch nicht recht zusammen?

DROBESCH Nur raus damit, wir können hier offen über alles reden, dazu sind wir schließlich da.

Henrich richtet sich auf.

HENRICH *(flehentlich)* Ich – brauche – wirklich – dringend – Geld!

Cerny und Drobesch werfen einander mitleidige Blicke zu und lassen die eindringliche Botschaft auf sich wirken. Es entsteht eine Pause.

CERNY Es ist das Haus, nicht wahr?

Henrich schaut überrascht auf.

DROBESCH Das hat Sie reingerissen.

HENRICH Wieso wissen Sie ...?

CERNY *(lacht auf)* Wir wissen alles über Sie, Herr Henrich. Wir wissen wahrscheinlich mehr über Sie als Sie selbst. Wir sind Ihre Bank. Ihre Reservebank. Ihre Ersatzbank. Ihre Betreuerbank. Ihr Gedächtnis. Ihr Gewissen.

DROBESCH Und wir sehen ja auch ganz genau, was Sie so treiben mit unseren ... mit Ihren Ersparnissen. Welche Zahlungen anfallen. Wann was wofür abgebucht wird.

CERNY Beziehungsweise abgebucht *wurde*.

DROBESCH *(vor dem Computer, liest)* Was haben wir da alles. – Lagerhaus. Bauhaus. Spengler. Elektriker. Schlosser. Dachdecker. Bodenleger. Wieder Baumarkt. Möbelhaus. Fliesen-City, Fliesenleger ...

CERNY Na, dreimal dürfen Sie raten, was wir wohl raten würden, wenn wir dreimal raten dürften, wo Ihr Geld da hineingeflossen ist.

HENRICH Ja, wir sanieren gerade das alte Haus der Schwiegereltern.

DROBESCH *(liest weiter vor)* Offenbar mit durchwachsenem Erfolg. – 4. April, wieder der Dachdecker. Dann die Rechtschutzberatung. – Gute Idee. 5. Mai, erstmals der Wasser-Installateur ...

CERNY *(schaut Drobesch über die Schulter und schüttelt den Kopf)* Der Wasser-Installateur drei Wochen *nach* dem Fliesenleger – no, das ist kein gutes Zeichen.

HENRICH Ich sage Ihnen, es ist die Hölle. Da sind Dutzende Handwerker am Werk. Jeder gegen jeden. Die haben einen internen Wettkampf. – Wer als Erster mit der Arbeit beginnt, hat verloren – und spendiert die nächste Kiste Bier für eine der ausgedehnten Pausen, die nahtlos ineinander übergehen und aus denen so ein Montage-Tag de facto besteht. Und der Bauleiter, offenbar ein ungeselliger Typ, hat sich zurückgezogen und ist auf Tauchstation gegangen.

CERNY No, das scheint mir Potenzial für eine neue *Hinterholz-8*-Geschichte zu haben.

HENRICH Hören Sie auf. Ich brauche in der momentanen Verfassung nur drei Sekunden an den Düringer zu denken, und mir kommen die Tränen.

DROBESCH Das muss natürlich auch eine unglaubliche Belastung für Ihre Beziehung sein, nehme ich einmal an.

HENRICH Na, was glauben Sie. Noch dazu war die Ulli, also meine Frau ...

CERNY *(halblaut zu Drobesch)* Die Ulli-Maus ...

HENRICH Die war ja von Anfang an strikt dagegen. Die hätte das Haus sofort verkauft. Ich war es, ich bin schuld. Ich wollte den Umbau, ich wollte die Sanierung. Ich habe mich durchgesetzt. Leider. Das erste Mal in unserer Beziehung, dass ich mich durchgesetzt habe. Und dann das. Ein Desaster.

CERNY Es sollen ja schon Ehen daran zerbrochen sein, hört man.

HENRICH Unsere stand auf der Kippe, am Rande des Abgrunds. Ich sage Ihnen – lass dich daheim von deiner Frau in flagranti mit einer Geliebten erwischen, aber niemals mit unbedarften und unwilligen Handwerkern, denen du nicht Herr wirst. Das ist der Beziehungskiller schlechthin.

DROBESCH Und wie haben Sie es wieder hinbekommen mit Ihrer Frau?

HENRICH Mit rigorosem Hausverbot. Meine Frau darf das Haus nicht mehr betreten, bis es fertig saniert ist. Ich kümmere mich um alles. Ich verantworte alles. Ich verheimliche alles. Ich beschönige alles. Ich verschweige ihr alles. Ich zahle alles. Das ist die einzige Chance.

Pause. Henrich scheint wieder Kraft gesammelt zu haben. Er holt tief Luft.

HENRICH Und damit komme ich zum Ausgangspunkt, also zum Kernpunkt meiner Überlegungen beziehungsweise Forderungen oder auffordernden ... Wünsche an Sie. Und ich bitte Sie eindringlich ... um Verständnis, wenn ich jetzt also zum wiederholten Male den wirklich dringlichen Appell an Sie richte und Sie in aller Höflichkeit ... aber auch Bestimmtheit darum ersuche ...

Cerny unterbricht.

CERNY No, Sie meinen, da werden wir uns pekuniär gemeinsam etwas einfallen lassen müssen – längerfristig.

HENRICH *(laut, verzweifelt)* Nein, nicht längerfristig. Kurzfristig! Wir müssen uns kurzfristig etwas einfallen lassen. Sehr, sehr kurzfristig sogar. Denn wir haben morgen Hochzeitstag. Und wir haben nicht irgendeinen Hochzeitstag. Wir haben unseren zehnten Hochzeitstag, meine Frau und ich ...

DROBESCH *(unterbricht)* Wow, da gratuliere ich.

HENRICH *(eindringlich)* Danke, und da brauche ich dringend ein Geschenk.

CERNY Ja, natürlich, das leuchtet mir ein.

DROBESCH Aber wo ist da das Problem?

HENRICH *(laut)* Für dieses Geschenk brauche ich dringend, dringend, dringend MEIN GELD.

DROBESCH Ah, jetzt begreife ich langsam den Zusammenhang. Jetzt verstehe ich auch Ihre Hektik.

CERNY No, an was hätten Sie denn da so gedacht, Herr Henrich?

HENRICH Na ja, schon mindestens, sagen wir, fürs Erste einmal – vielleicht so 5000 Euro ...

CERNY Nein, ich meine nicht das langweilige Geld. Ich rede vom Geschenk. Das Geschenk für Ihre Frau. Darum geht es ja.

Das interessiert uns, nicht wahr, Frau Drobesch? No, was wollen Sie denn der Ulli-Mau..., Ihrer Frau zu diesem ganz besonderen Anlass schenken?

HENRICH *(leicht empört)* Also entschuldigen Sie, das ist jetzt doch wirklich sehr persönlich.

CERNY Natürlich, deshalb frage ich ja.

HENRICH Aber ich glaube nicht, dass das hier der richtige Ort ist ...

CERNY Um über ein Geschenk für einen zehnjährigen Hochzeitstag zu reden? Mir würde in Ihrer Lage kein besserer Ort einfallen.

Cerny wirft einen Blick auf seine Armbanduhr und lässt plötzlich Anflüge von Betriebsamkeit erkennen.

CERNY Es ist nur ewig schade, dass wir jetzt neben Ihnen, Herr Henrich, noch einen Zweiten haben, dem gerade ein bisserl die Zeit davongaloppiert, nämlich mir selbst. Ich sollte mich schnurstracks auf den Weg zur nächsten Vorstandssitzung machen.

HENRICH *(nervös)* Ja, aber da bitte ich schon noch, dass wir vorher klären können ... damit gesichert ist ... dass ich mein Geld ...

DROBESCH Unser Geld.

HENRICH MEIN Geld.

Cerny fährt dazwischen.

CERNY Also sagen Sie schon, Herr Henrich. Was schenken Sie Ihrer Frau zum Zehnjährigen?

HENRICH Ein ... ein ... ein Schmuckstück.

CERNY *(enttäuscht)* Ein Schmuckstück?

HENRICH Ja, natürlich. Was sonst?

CERNY *(zu Drobesch)* Er will ihr ein Schmuckstück schenken.

Cerny verzieht verächtlich sein Gesicht.

HENRICH Eine ... eine ...

CERNY Nein, sagen Sie jetzt bitte nicht, eine ...

CERNY und HENRICH *(gleichzeitig)* Halskette.

HENRICH Ja, ein Collier.

CERNY *(zu Drobesch, beinahe angewidert)* Er will ihr ein Collier schenken.

HENRICH Es ist nicht irgendein Collier. Es ist so ... so ... Sie müssen sich vorstellen, so doppelt ...

DROBESCH Doppelreihig.

HENRICH Ja, mit Steinen und ... Edelsteinen und, und, und Perlen. Das macht was her. Und in der Mitte hat es drei echte, also drei kleine, drei wirklich schöne ... die einem sofort ins Auge stechen ... drei leuchtende ... zwar kleine, aber hell leuchtende ... Diamanten.

CERNY *(zu Drobesch, ziemlich angewidert)* Er will ihr ein doppelreihiges Collier mit Steinen und drei kleinen Brillanten schenken.

CERNY *(zu Henrich)* Wollen Sie meine persönliche Meinung dazu hören?

HENRICH Nicht unbedingt.

CERNY Also klischeehafter und weniger originell geht es gar nicht mehr. Und da habe ich noch nicht einmal gefragt, was das Ding kosten würde. Das wollen Frau Drobesch und ich gar nicht wissen.

HENRICH *(trotzig)* Das ist mir egal, was Sie wissen wollen oder was Sie nicht wissen wollen. Meine Frau wünscht es sich.

DROBESCH Wer sagt das?

HENRICH Meine Frau sagt das.

DROBESCH Und warum sagt sie das?

HENRICH Na warum. Weil sie es haben will. Weil wir vor dem Juweliergeschäft gestanden haben. Weil sie dieses Collier gesehen hat. Weil sie leuchtende Augen bekommen hat. Weil es ihr gefällt.

DROBESCH Irrtum. Erzählen Sie mir nichts von Frauen. Sie sagt das Ihnen zuliebe. Und das rechne ich ihr sehr hoch an.

HENRICH Wieso mir zuliebe?

DROBESCH Damit Sie erleichtert sind. Damit Sie gedanklich von der Last befreit sind. Damit Sie ein Geschenk für sie haben.

CERNY *(nebenher)* No, er hat es ja noch gar nicht. Aber das ist ein anderes Problemfeld.

DROBESCH Damit Sie sich nicht weiter den Kopf darüber zerbrechen müssen, was Sie ihr zum Hochzeitstag schenken könnten.

CERNY Damit Sie nicht Gefahr laufen, dass sich Ihr Gehirn überhitzt, wenn Sie an die schmerzvolle Grenze Ihrer quälenden Einfallslosigkeit vordringen.

HENRICH So, es reicht dann, denke ich.

DROBESCH Weil Ihre Frau Ihnen offenbar gar nicht zutraut, dass Sie sie mit einem von Ihnen selbst gewählten, phantasievollen Geschenk positiv überraschen könnten. So kann sie ihre Freude wenigstens schon Tage vorher trainieren, damit es dann auch wirklich authentisch klingt. *(Theatralisch.)* Oh, ich habe schon einen leisen Verdacht, was das sein könnte. Raschel, raschel, raschel. Oh, ein Schmuckstück. Oh, ist es eine Halskette? Oh – Darling. Nein – das ist doch nicht etwa … doch, tatsächlich, Yippie-Yippie-Yeeeeah, das Collieeeeeer …

CERNY Mit den drei klitzekleinen Diamanten …

DROBESCH Soooooo viel bin ich dir wert, mein Schatz?

HENRICH So, Schluss, es reicht wirklich. Sparen Sie sich Ihre Polemik. Was würden Sie denn schenken? Was ist schon phantasievoll heutzutage?

CERNY Ja, was ist heutzutage schon phantasievoll? – Eine hochkomplexe Frage, vielleicht die interessanteste, die hier in den Raum gestellt wurde. Leider sprengt es den Rahmen meiner zeitlichen Möglichkeiten, Ihnen eine passende Antwort darauf zu servieren. Denn ich bin schon quasi am Sprung …

HENRICH *(laut)* Halt. Moment. Das Geld!

DROBESCH Ach Gott, jetzt kommt er schon wieder damit.

CERNY *(in Eile)* Klären wir das bitte morgen.

HENRICH *(schreit)* Nein, nicht morgen. Heute. Ich brauche das Geld. Ich brauche das Geschenk. Ich brauche die Halskette.

DROBESCH *(seufzend zu Cerny)* Was machen wir mit ihm?

Cerny und Drobesch rücken näher zusammen, um sich vertraulich auszutauschen. Henrich beobachtet gebannt das von abwechslungsreichem Mienenspiel getragene, geheimnisumwitterte Getuschel der beiden. Schließlich tritt Cerny vor den Kunden.

CERNY Herr Henrich, wir können Ihnen folgendes Angebot machen. – Sie kommen morgen um ... no, sagen wir, um 14 Uhr wieder hierher zu uns.

HENRICH Aber ...

Henrich will in der Folge immer wieder protestieren, Cerny lässt ihn aber nicht zu Wort kommen.

CERNY Und dann erlauben wir uns, Ihnen UNSERE Geschenkidee für den zehnten Hochzeitstag zu unterbreiten. Oder noch besser – wir bringen Ihnen das passende Präsent gleich mit, damit Sie Ihre Frau noch morgen, dem Anlass gerecht, damit beglücken können. Über den Preis reden wir ein andermal, das ist jetzt nicht so wichtig.

HENRICH Aber, das ist doch völlig absurd. Ich habe selten so etwas ...

DROBESCH Das ist absolut nicht absurd, das ist in höchstem Maße entgegenkommend. Das ist eine einmalige Chance, Herr Henrich. *(Beugt sich zu ihm und flüstert.)* Das hat Doktor Cerny meines Wissens nach noch bei keinem einzigen Kunden gemacht. Er mag Sie. Er mag Sie wirklich. Er hat einen Narren an Ihnen gefressen.

HENRICH Aber was ist, wenn ich mit diesem Geschenk ...

CERNY *(energisch)* Und sollten Sie unser Präsent in einem Anflug geistiger Verwirrtheit oder Trägheit nicht zu schätzen wissen, na, dann können Sie Ihrer Frau ja immer noch dieses geschmacklose Ketterl mit den drei Steinchen um den Hals hängen, sofern Sie das nötige Bargeld dafür auftreiben. No, da müssen wir ja zum Glück nicht dabei sein, nicht wahr, Frau Drobesch.

Henrich wirkt nur mäßig entspannt und setzt noch einmal zu einer Protestnote an. Der Chef des Hauses ist allerdings schneller und überdies in Eile.

HENRICH Aber Herr Doktor ...

CERNY So, und jetzt ist es wirklich allerhöchste Zeit. Der Vorstand wartet schon auf mich. Frau Magister Drobesch, ich habe die Ehre. Herr Henrich, no, schauen Sie nicht gar so verdattert.

Kopf hoch, es wird schon wieder. Wir stehen wie eine Festung hinter Ihnen. Unser Weitblick ist für Sie da.

5.

Cerny verlässt den Raum. Henrich sieht ihm wehmütig nach. Er wirkt betreten, wie jemand, dem soeben die Felle davongeschwommen sind. Frau Drobesch reibt sich in plötzlicher Betriebsamkeit die Hände und leitet schwungvoll die Verabschiedung des Kunden ein.

DROBESCH *(geschäftig)* So, Herr Henrich, ich glaube, wir sind dann für heute durch mit unserem Programm. Wir haben vielleicht nicht alle Hürden beseitigen können. Aber ich denke, eine gute Basis ist gelegt. Darauf können wir aufbauen.

HENRICH Aber ...

DROBESCH Ich möchte mich jedenfalls herzlich für dieses erfrischende Kundengespräch – auch von meiner Seite – bedanken. Ich hoffe, unsere Diskussionsbeiträge waren auch für Sie erhellend. Und es waren ein paar wertvolle Impulse dabei ...

HENRICH Schon, aber ich möchte ...

DROBESCH Und morgen ist ja schließlich auch noch ein Tag. Herr Henrich, also danke, dass Sie ... wenn auch unangemeldet, gekommen sind. Soll ich Sie noch zum Aufzug begleiten? Sie müssen dann einfach »E« drücken – und es geht abwärts ...

Henrich unterbricht sie. Er druckst herum und ist offensichtlich hochgradig peinlich berührt.

HENRICH Frau Drobesch, ich hätte da noch ein ... ein kleines Attentat ... also ein Anliegen ... Könnten Sie mir ... ich meine ganz privat ... nur unter uns ... unter alten Bekannten sozusagen ... Wir kennen uns jetzt ja schon wirklich eine halbe Ewigkeit ...

DROBESCH *(sachlich)* Ja bitte, Herr Henrich?

HENRICH *(verschämt)* Könnten Sie mir vielleicht ... vorübergehend ... unter der Hand ... einen Sch..., einen Schein ..., Sie wissen schon ... einen Hunderter ... vorschießen? Nur bis, nur bis ...

DROBESCH Sie wollen sich von mir hundert Euro ausborgen?

HENRICH Ja, genau. Bitte, das wäre eine ... nette Geste von Ihnen.

DROBESCH *(tief seufzend)* Das ist, ehrlich gesagt, ein bisschen heikel. Privatgeschäfte mit Kunden sind eigentlich ein absolutes No-Go. Wenn das jemand erfährt, da kriege ich massive Probleme. Wofür hätten Sie es denn gebraucht?

HENRICH *(lacht verlegen)* Für ... für ... nur für ein paar Lebensmittel. Ich sollte nämlich ... Ich habe meiner Frau versprochen, den Einkauf zu erledigen, also ein paar Sachen mitzubringen. Aber mir ist unangenehmerweise das Kleingeld ein bisschen knapp geworden.

DROBESCH Aha, nicht nur das Großgeld, auch das Kleingeld.

HENRICH Deshalb dachte ich, dass Sie vielleicht so freundlich wären ...

DROBESCH Ich habe eine bessere Idee.

Frau Drobesch springt auf und steuert die Sprechanlage an.

DROBESCH *(süßlich)* Frau Selnig, seien Sie ein Schatz und hüpfen Sie rüber zum Billa. Wir brauchen ein paar Kleinigkeiten.

Drobesch fordert Henrich auf, ihr zu diktieren. Sie leitet an Frau Selnig weiter.

HENRICH Milch, Butter, Gurke, Paprika.

DROBESCH Milch, Butter, Gurke, Paprika, Sojasauce.

Die Sojasauce stößt bei Henrich sichtlich auf Verwunderung.

DROBESCH Brot?

HENRICH Ja. Roggenbrot.

DROBESCH Roggenbrot, nicht aufgeschnitten, im Ganzen.

HENRICH Reis.

DROBESCH Reis. Uncle Ben's. Basmati. Eine orange Packung.

HENRICH Eier.

DROBESCH Eier. Nein, Frau Selnig, sechs genügen. Wie bitte?

DROBESCH *(zu Henrich)* Ja natürlich?

HENRICH Wie bitte?

DROBESCH Die Eier, ja natürlich?

HENRICH Ja natürlich? Ja natürlich.

DROBESCH Ja natürlich. *(Zu Henrich.)* Alles?

HENRICH *(extrem verschämt)* Da wäre noch Toilettenpapier. Feuchttücher. Abschmink...

Drobesch setzt strikt ablehnende Gesten.

DROBESCH Danke, Frau Selnig, das war es. Seien Sie ein Schatz und stellen Sie es unten beim Empfang ab.

Drobesch wendet sich umgehend an Henrich.

DROBESCH Wie viel Geld haben Sie noch?

Henrich kramt seine Geldbörse hervor und zählt vor ihren Augen nach.

HENRICH Fünf. Sieben. Acht. Acht fünfzig. Acht siebzig. Acht Euro siebzig.

DROBESCH Okay, das geht sich aus. Damit können Sie Klopapier und Feuchttücher kaufen.

HENRICH Äh. Und die Abschminktücher?

DROBESCH Die werden wir uns für heute einmal abschminken.

TEIL ZWEI

I.

Ein Tag ist vergangen. Diplomkaufmann Doktor Julius Cerny befindet sich in seinem exquisiten Büro, das einem noblen Künstleratelier gleicht, und lauscht ergriffen klassischer Musik. Er trägt einen helleren, aber nicht minder teuren Anzug als am Vortag. Die Krawatte würde in konservativen Bankmanagerkreisen als gewagt bezeichnet werden. Auch die makellos gepflegten Schuhe sind auffallend modern und korrespondieren wunderbar mit den an den Wänden hängenden Gemälden zeitgenössischer Maler. Cerny schreitet diese ab und überprüft mittels einer Wasserwaage ihren perfekten Sitz in der Waagrechten. Danach greift er auf seinem sauber aufgeräumten Designerschreibtisch nach einem gebundenen Notizbuch und vertieft sich in einen Text, den er nun mit ehrfurchtsvoll erhobenem Blick zu referieren scheint. Dazu bewegt er seine Lippen, als würde er einen hochemotionellen, von Pathos getragenen Vortrag proben.

Die schöngeistige Ruhe wird durch eine hektische Mitteilung aus der Sprechanlage jäh unterbrochen.

STIMME Herr Direktor, ein Herr Hendrich ist da ... Nein, er heißt Herr Henrich ... und er sagt, er behauptet ... und er möchte dringend ...

CERNY No, das hat schon sein Recht und seine Ordnung. Sie können ihn zu mir heraufschicken.

STIMME Zu Ihnen? In Ihr Büro? Wirklich?

CERNY Ja, ja. Aber vielleicht erst in zehn Minuten, ich bin an sich noch beschäftigt.

STIMME *(verzweifelt)* Erst in zehn Minuten, ehrlich? Er ist nämlich sehr, sehr ... wie soll ich sagen ...

CERNY Ja, ich kenne ihn. Er ist ein unruhiger Geist. No, dann soll er halt gleich kommen. Wird ohnehin eine Weile dauern, bis er zu mir vorgedrungen ist.

Cerny dreht die Musik lauter, lässt sich in seine schicke Chaiselongue fallen und schließt die Augen. Er scheint letzte besinnliche Momente genießen zu wollen, bevor die Audienz des Kunden Henrich in seinen heiligen Mauern beginnt.

Gefühlte zehn Sekunden später ist die Ruhe dahin. Alfred Henrich, schlicht und unauffällig gekleidet wie am Vortag, stürmt bei der Tür herein und steuert, ohne nach links oder rechts zu schauen, direkt auf Direktor Cerny zu. Er scheint sich einiges vorgenommen zu haben, wirkt entschlossen und kämpferisch. Er sprudelt seine Botschaft herunter und versucht seinem Gegenüber keine Chance zu geben, ihn in seinem Redefluss zu bremsen.

HENRICH Guten Tag, Herr Doktor, ich will nicht lange herumreden, ich bin gekommen, um bitte mein gesamtes Bargeld abzuheben ...

CERNY No ...

HENRICH Und ich würde Sie ersuchen, mich jetzt nicht zu unterbrechen. Ich bin gleich fertig. Ich will nur festhalten, dass ich das alles hier nicht mehr übermäßig lustig finde. Ich hatte ein sehr ausführliches Gespräch mit einem ... also mit meinem Rechtsanwalt ...

CERNY Rechtsanwalt, da schau her ...

HENRICH Und dieser ... dieser Rechtsanwalt hat geglaubt, er hört nicht recht. Der hält es nämlich für absolut absurd, dass man mir mein Geld vorenthält. Und er hat mich dreimal gefragt, ob ich hier nicht einem verspäteten oder einem verfrühten Faschingsscherz zum Opfer gefallen bin. Natürlich muss mir die Bank mein Geld jederzeit ausbezahlen, und zwar auf Punkt und Komma und Beistrich, völlig egal, ob sie meinen Arbeitgeber finanziert oder nicht. Es handelt sich nämlich tatsächlich einzig und allein um mein mir zustehendes Geld ...

CERNY Geld, Geld, Geld, Geld ...

HENRICH Und sollte sich die Bank weiterhin weigern, mir den gewünschten Betrag auszuhändigen, dann müssen wir leider rechtliche Schritte ergreifen, und zwar am besten noch heute. Das ist jetzt nicht persönlich gegen Sie gerichtet. Aber da werden wir einen Musterprozess anstreben müssen, einen, der sich gewaschen hat ... einen echten, waschechten, einen Schauprozess. Das ist dann ein gefundenes Fressen für die Medien. Und das wird sehr unangenehm für Ihre Bank. Und, und, und ... sehr, sehr teuer. Sagt mein Rechtsanwalt.

Pause. Henrichs Redeschwall ist beendet. Er atmet tief durch. Cerny schweigt lange und mustert ihn.

CERNY *(ruhig, nachdenklich)* Sagt Ihr Rechtsanwalt.

HENRICH Ja, genau.

CERNY Sagt er das.

HENRICH Ja.

CERNY Rechtsanwalt, Doktor äh ...?

HENRICH Ganz egal.

CERNY Natürlich egal, aber er wird ja einen Namen haben. – Wenn es ihn tatsächlich gibt.

HENRICH Sie glauben, ich habe das erfunden? Also gut. Kloiber. Magister Christof Kloiber.

CERNY *(denkt nach)* Kloiber. Kloiber. Kloiber. Kenne ich nicht. Helfen Sie mir. Ein Magister, ein Junger, nicht wahr? Ein Aufstrebender. Wahrscheinlich noch Konzipient. Kanzlei …?

Henrich zuckt mit den Schultern. Cerny zieht sein Smartphone heraus, tippt und studiert das Display.

CERNY No, da haben wir ihn ja schon. Kloiber, Christof, Magister. Kanzlei Doktor Doktor Schmidratner. Ah, der gute Ossi Schmidratner. Gratuliere, Herr Henrich, tadellose Wahl. Eine saubere Kanzlei. Die Jungen sind tüchtig, manchmal ein bisschen übermotiviert, aber tüchtig. Und ihr Chef absolut seriös. Ein Winner-Typ. Hat uns schon so manche hoffnungslos versenkte Kastanie aus dem Feuer geholt.

HENRICH Freut mich für Sie. Aber hier geht es um …

CERNY Ja, der Ossi, wissen Sie, das ist noch einer von der alten Schule, ein Echter, ein Kerzengerader, einer mit Handschlagqualität. Das war ein guter Griff damals, ich meine, auch vom Menschlichen her.

HENRICH *(verunsichert)* Was war ein guter Griff?

CERNY Immer zuerst der Mensch, Herr Henrich. Das ist unser oberstes Prinzip. Immer zuerst der Mensch. Alles andere ergibt sich von alleine. Und der Ossi hat es sich wirklich redlich verdient.

HENRICH *(sehr verunsichert)* Was hat er sich redlich verdient? Wovon reden Sie?

CERNY Ich rede von der Kanzlei Schmidratner. Die hat er sich redlich verdient, der Ossi.

HENRICH Ich verstehe kein Wort.

CERNY No, ist es so schwer, eins und eins zusammenzuzählen? Die Akten gehören dem Ossi und seinem Team, die Kanzlei gehört – uns. Seiner Bank. Unserer Bank. Uns. Die haben wir finanziert. Und klug war es. Bei Anwälten waren wir immer schon recht gut aufgestellt. Für gute Juristen haben wir ein besonderes Händchen.

Henrich fühlt sich in die Enge getrieben, der Kampfesmut scheint ihn zu verlassen. Er versucht sich aufzubäumen.

HENRICH Egal, was Sie sagen. Glauben Sie nicht, dass Sie mich damit einschüchtern können. Dann werde ich eben ... Ich werde mit Nachdruck ... und ich werde einen Anwalt finden, der nicht Ihnen gehört, das verspreche ich Ihnen. Für mich zählt nämlich einzig und allein, dass ich auf dem schnellsten Weg mein mir rechtlich zustehendes Geld ...

CERNY Aber ich kann Sie beruhigen, Herr Henrich. Wir werden keinen Anwalt brauchen. No, auf dieses Spielchen können wir wirklich verzichten. Sie müssen keine Muskeln anspannen, die Sie gar nicht besitzen, das führt nämlich auf Dauer zu schmerzhaften Krämpfen. Und wir werden nicht mit Kanonen auf Spatzen schießen. Da sparen wir uns Ihr hart erwirtschaftetes Geld lieber für den einen oder anderen – Installateur oder Fliesenleger. Oder noch einmal den Dachdecker, wenn es notwendig ist, nicht wahr.

HENRICH Das heißt, dann kriege ich also ...

CERNY *(erstmals gereizt)* Ja, Sie kriegen, Sie kriegen, Sie kriegen. Bevor Sie es noch hundertmal wiederholen und mir mein hochkomplexes Nervenkostüm in einzelne Fäden zerlegen: Sie kriegen, was Ihnen zusteht, das sei Ihnen versichert, das ist versprochen, das wird gehalten, dafür stehe ich mit meinem Namen und meinen akademischen Titeln gerade. So, können wir dieses Thema nun endlich abschließen?

HENRICH Welches Thema?

CERNY Das Thema Geld.

HENRICH *(belustigt)* Wie bitte?

CERNY Ja. Ich bin es nämlich so was von überdrüssig, ständig über diese unendliche Ödnis, über diese erbärmliche Krücke unserer Existenz zu reden. Geld. Geld. Das ewige Geld. Glauben Sie mir, es langweilt mich zu Tode.

HENRICH *(schmunzelnd)* Dann sind Sie vielleicht ... im falschen Job? War jetzt nur so ein Gedanke.

CERNY *(enthusiastisch)* No, sehen Sie. Und endlich sind wir am Punkt. Am Wendepunkt. Ganz genau deshalb sitze ich jetzt hier mit Ihnen. Deshalb habe ich mir Zeit für Sie genommen, Herr Henrich. Deshalb schiebe ich die Bonzen zur Seite. Die Investoren, die Großanleger, die Macher, die Mächtigen, die Milliardäre. Deshalb sollen sie draußen warten.

HENRICH Weshalb?

CERNY Um das eklatante Missverständnis aufzuklären.

HENRICH Welches eklatante Missverständnis?

CERNY Das eklatante Missverständnis vom Geld und meinem Job. Das eklatante Missverständnis von einer Bank der Zukunft und ihren Aufgaben. Das eklatante Missverständnis vom Kunden im 21. Jahrhundert und seinen Bedürfnissen.

HENRICH Okay, bevor Sie diese vielen eklatanten ... diese Missverständnisse alle ... aufklären, verraten Sie mir doch bitte nur ganz kurz: Was hat das mit mir zu tun? Wie kommen Sie auf mich? Warum gerade ich?

CERNY Weil Sie mir sympathisch sind.

HENRICH Äh, danke. Das muss ja nicht unbedingt zu hundert Prozent auf Gegenseitigkeit beruhen, oder?

CERNY Weil Sie echt sind.

HENRICH Echt?

CERNY Weil Sie mir vertraut sind.

HENRICH Vertraut. Okay?

CERNY Weil Sie mich verstehen.

HENRICH Na ja, bis jetzt noch nicht ... ganz, aber ...

CERNY Weil wir nämlich aus dem gleichen Holz geschnitzt sind.

HENRICH Wer wir?

CERNY Sie und ich.

HENRICH *(empört)* Wollen Sie sich über mich lustig machen?

CERNY No, ganz bestimmt nicht. Da würden mir andere Dinge einfallen.

HENRICH Dann schauen Sie sich doch einmal an. Und dann schauen Sie mich an. Unterschiedlicher können zwei Menschen nicht dastehen. Was um alles in der Welt verbindet uns?

CERNY Was uns verbindet? – Das Innere. Das Ideologische. Das Antimaterielle. Ihnen bedeutet Geld genauso wenig wie mir.

Henrich lacht laut auf.

HENRICH Ha! Irrtum. Großer, großer Irrtum. Eklatantes Missverständnis Nummer eins. Mir würde Geld sogar sehr viel bedeuten, wenn ich es nur endlich hätte. Mein Geld nämlich, weswegen ich ja eigentlich ...

CERNY *(genervt)* Bitte nicht rückfällig werden.

HENRICH *(spöttisch)* Ja und Sie, Sie haben überhaupt leicht reden von wegen – Geld bedeutet mir nichts. Sie schwimmen im Geld. Ich brauche mich hier nur umzusehen. Ich brauche allein nur Ihr ... Ihr Sakko ...

CERNY Anzug.

HENRICH Ihren Anzug betrachten.

CERNY Ach, das ist nur eine leblose Schale.

HENRICH Teure leblose Schale.

CERNY Habe nicht ich bezahlt. Ist auch nichts wert. Ist nur Werbung. Ich bin bloß ein Werbeträger. Ich mache Werbung für Louis Vuitton. Dafür kleidet er mich ein.

HENRICH Okay, und ich mache Werbung für Made in Taiwan. Muss aber leider dafür bezahlen. Das ist der Unterschied. Uns beide verbindet rein gar nichts. Die Hölzer, aus denen wir geschnitzt sind, könnten verschiedenartiger gar nicht sein.

2.

Das Gespräch wird unterbrochen. Wir hören das charakteristische Tonsignal der Sprechanlage.

CERNY *(zu Henrich)* Entschuldigen Sie mich einen kleinen Moment.

STIMME Herr Direktor, Frau Drobesch würde Sie gerne ...

CERNY No, dann legen Sie sie schnell rüber zu mir.

Cerny zieht sein Mobiltelefon heraus und führt ein kurzes Gespräch. Man hört ein paar Ausdrücke seiner offensichtlichen Zufriedenheit.

CERNY Ja? ... Gut, gut ... Da schau her ... Freut mich zu hören ... Sind Sie schon ... Wunderbar ... *(Schaut auf die Uhr.)* No, das ist ideal ... Also dann.

Cerny beendet das Gespräch, steckt sein Handy ein und wendet sich wieder Herrn Henrich zu.

CERNY *(feierlich)* Herzliche Grüße von Frau Drobesch. Sie kommt dann gleich zu uns herüber. Wir können aber schon einmal beginnen.

HENRICH Beginnen womit schon wieder?

CERNY No, Herr Henrich, Ihr Kurzzeitgedächtnis hat seine schärfsten Tage aber auch schon hinter sich. Wir haben es Ihnen doch gestern hoch und heilig versprochen. Und wir halten unsere Versprechen.

HENRICH Krieg ich endlich mein ...

CERNY Und ich kann Ihnen jetzt schon verraten: Sie werden Augen machen. Sie und vor allem natürlich Ihre ...

HENRICH Krieg ich mein ...

CERNY Ja, Sie kriegen, Sie kriegen. Sie kriegen ein wunderbares Hochzeitsgeschenk für Ihre Frau Ulli.

Cerny hat sich auf Henrich zubewegt, promeniert mit ihm ein paar Schritte, führt ihn schließlich zur Designercouch und deutet ihm, Platz zu nehmen. Henrich fühlt sich äußerst unbehaglich.

HENRICH Sie haben das also wirklich ernst gemeint?

CERNY Natürlich, absolut. Das Geschenk war Ihr Auftrag an meine Phantasie, eine echte Herausforderung. Wenngleich Sie mir die Latte nicht gerade hoch gelegt haben – mit Ihrem Collier und den drei kleinen Steinchen.

HENRICH *(ängstlich)* Und, und ... ich kann Ihren Vorschlag, also Ihr Geschenk aber natürlich auch ablehnen, haben Sie versprochen. Ohne dass Sie beleidigt sind. Und ich kriege dann endlich ...

CERNY Sie werden es nicht ablehnen.

HENRICH Also was ist es? Sagen Sie schon. Zeigen Sie her.

CERNY Moment, Moment, nicht so hastig.

Cerny schreitet auf einen stilvollen Schrank zu, entnimmt ihm zwei Likörgläser und eine Flasche, macht kehrt, setzt sich neben Henrich auf die Couch, schenkt ein und drückt ihm ein Glas in die Hand. Henrich fühlt sich unangenehm berührt.

CERNY Jetzt stoßen wir einmal an, auf Ihr Wohl, das Wohl Ihrer Frau. Und auf diesen besonderen, magischen Augenblick.

HENRICH *(sehr irritiert)* Was ist das? Alkohol?

CERNY Limoncello, original, von der Amalfiküste. Was sagen Sie?

Henrich nippt am Glas. Danach greift er zur Flasche und studiert das Etikett.

HENRICH Schmeckt süß. Und recht stark, für diese Tageszeit. Aber nicht schlecht. Ist das ... das Geschenk? Eine Kiste von ...

CERNY *(entsetzt)* Herr Henrich, ich bitte Sie. Bin ich ein Schnapsvertreter? Was halten Sie von mir? Und vor allem, was halten Sie von Ihrer Frau? Wollen Sie sie bestrafen für zehn Jahre Ehe mit Ihnen? Überlegen Sie einmal. Was liegt denn dem Anlass zugrunde? Was ist denn der tiefere Sinn? Worum geht es denn an diesem so bedeutsamen Tag?

HENRICH Um ein ... um ein, ich denke, um ein Gesch...

CERNY *(mit großer Geste)* No, um die Liebe. Die Liiiiiebe. Sie lieben doch Ihre Frau. Die Ulli, nicht wahr. Die Ulli-Maus.

HENRICH *(verlegen)* Ja, schon. Sicher.

CERNY Deshalb sind Sie hier. Wegen Ihrer Liebe. Nur deshalb. Deshalb stellen Sie unser Bankinstitut auf den Kopf, machen alle rebellisch. Deshalb kämpfen Sie gegen Windmühlen. Deshalb betteln Sie um Geld.

HENRICH *(entrüstet)* Ich bettle nicht um Geld, das ist ...

CERNY *(temporeich)* Glauben Sie, das habe ich nicht sofort bemerkt? – Sie machen das doch nicht für sich selbst. Ihnen persönlich ist Materielles scheißegal. Sie leisten sich nicht einmal einen ordentlichen Barttrimmer. Oder vielleicht einmal eine neue Weste. Und die Schuhe ... also bitte. Und Ihr Deo ... billig, billig. Und, wenn ich fragen darf, was fahren Sie für ein Auto?

HENRICH Äh, momentan also ... Ich bin kurzfristig sogar, Sie werden lachen ... aufs Fahrrad umgestiegen.

CERNY *(entzückt)* Auf ein Fahrrad, so ein echtes, so zum selber ...

HENRICH *(dezent stolz)* Ein E-Bike, ein elektrisches. Ein Power-fly, das neueste Modell. Quasi der Mercedes unter den E-Bikes.

CERNY No, da schau her. Ich fahre auch elektrisch.

HENRICH Ja wirklich? Und zwar?

CERNY *(gelangweilt)* Limousine. Mercedes-Benz, S-Klasse, ken-nen Sie? Quasi der Mercedes unter den ... Mercedessen. Mit Chauffeur. Todlangweilig. *(Wieder mit Begeisterung.)* – Aber wissen Sie, das meine ich. Da ticken wir gleich, da empfinde ich wie Sie. Und das gefällt mir an Ihnen, das schätze ich. Sie sind uneitel, Sie sind unprätentiös, Sie sind bescheiden. Sie ma-chen das alles nicht für sich selbst. Nur für sie, für Ihre Ulli. Weil Sie sie lieben. Weil Sie sie anbeten ...

HENRICH *(peinlich berührt)* Schon gut, schon gut, es genügt.

CERNY No, das können wir ruhig einmal aussprechen. Da brau-chen wir uns nicht zu genieren, nur weil wir Männer sind. Da stimmen wir ja absolut überein. Wir sind Gefühlsmenschen. Gefühlsmänner, und das ist kein Oxymoron, keine Contradictio in Adjecto ...

HENRICH Kein was?

CERNY Kein rundes Quadrat, kein Widerspruch in sich. Egal. Auch ich liebe sie, auch ich bete sie an.

HENRICH Wen?

CERNY No, meine bessere Hälfte.

Endlich Ablenkung für Herrn Henrich.

HENRICH Ah so, ah ja. Sie sind auch ...?

CERNY Liiert? Jaja, ich bin in fixen Händen. Schon seit drei Jahren. Es ist die Liebe meines Lebens. Ich bin dieser wunderbaren Schöpfung geradezu verfallen.

HENRICH *(verschämt lächelnd)* Ja? Schön.

CERNY Wollen Sie ein Foto sehen?

HENRICH *(verlegen)* Äh, ja. Wenn ... wenn Sie es mir zeigen wollen.

Cerny zückt sein Smartphone, sucht nach etwas Passendem und hält Henrich das Display vors Gesicht.

HENRICH *(irritiert)* Äh, da haben Sie, glaube ich, irrtümlich ... Wer ist das? Ihr jüngerer Bruder?

CERNY Wieso? Sieht er mir ähnlich? Dann bedanke ich mich für das Kompliment. Das ist Niklas, mein Niklas. Meine Niki-Maus sozusagen. Gefällt er Ihnen?

HENRICH Ja ... also, ich bin da jetzt an sich nicht so der ... Experte.

CERNY No, muss er ja auch nicht. Hauptsache, er gefällt mir, nicht wahr. Sie haben ja ohnehin Ihre Ulli. Apropos, es wird dann langsam Zeit. Ich möchte Sie nicht länger auf die Folter spannen. Frau Drobesch wird sicher auch gleich kommen. Ich würde sagen, schreiten wir zur Geschenkübergabe.

Cerny steht auf, steuert auf seinen Schreibtisch zu, greift nach dem schön gebundenen Büchlein, das wir schon vom Beginn der Szene kennen, legt es auf einen silbernen Präsentierteller und überreicht das Geschenk dem aufs Neue verdutzt dreinblickenden Herrn Henrich.

CERNY Bitte schön.

HENRICH Ein Notizbuch?

CERNY No, Telefonbuch ist es keines.

HENRICH Ich soll meiner Frau ein Notizbuch schenken?

CERNY Herr Henrich, wonach beurteilen wir die Dinge im Leben, nach der äußeren Form oder nach ihrem Inhalt? Wollen Sie nicht vielleicht einmal einen Blick hineinwerfen?

Henrich klappt das Büchlein auf und reagiert überrascht.

HENRICH Hey, das ist ja meine Schrift.

CERNY Jetzt wissen Sie, was ich gestern den halben Abend geübt habe. Ihren Schriftzug, Herr Henrich. Ihre Unterschrift haben Sie ja löblicherweise schon öfter bei uns hinterlassen. Damit war die Basis gelegt, der Rest war graphisches Gespür.

HENRICH Und was ist das für ein Text?

CERNY Lesen Sie, dann werden Sie es wissen.

Wir haben Alfred Henrich ja bereits in einigen Momenten des staunenden Innehaltens erlebt. Nun wird sein Repertoire an Ausdrucksformen der Verblüfftheit um eine Facette reicher. Im Folgenden weiß er oft nicht, ob er lachen oder weinen soll, er fühlt sich gleichermaßen gepeinigt vor Scham und belustigt ob dieser grotesken Situation.

HENRICH *(liest)* Albumblatt für Ulli.

CERNY Das ist der Titel. Sie können auch Ulli-Maus daraus machen. Also »Albumblatt für Ulli-Maus«. Das klingt dann vielleicht noch persönlicher. Aber wie Sie wollen.

HENRICH *(fassungslos)* Was ist das?

CERNY No, was? Ein Gedicht.

HENRICH Ein Gedicht?

CERNY Ein Liebesgedicht.

HENRICH Von wem?

CERNY Von Ihnen.

HENRICH *(entrüstet)* Von mir? Nein, ich ... ich schreibe keine Liebes..., ich schreibe niemals Gedichte.

CERNY *(gerührt)* Von Ihnen an Ihre Ulli-Maus zum zehnjährigen Hochzeitstag. Das schönste Geschenk, das man seinem Lebenspartner zu so einem Anlass nur machen kann. Das Gegenteil von einem abgeschmackten Collier. Preis – null Euro. Ideeller Wert – unermesslich.

Henrich bricht in fast irres Gelächter aus.

HENRICH Das ist ein Scherz, oder? Bitte sagen Sie, dass das ein Witz ist. Sie haben da irgendwo eine versteckte Kamera, und ich bin gerade die Lachnummer auf YouTube, oder?

Cerny verzieht keine Miene.

HENRICH Sie glauben doch nicht ... Sie glauben doch nicht im Ernst, dass ich als erwachsener Mensch meiner Frau ... ein Gedicht schenke.

CERNY No, ich denke schon, dass ich das glaube.

HENRICH Aber ich kann überhaupt nicht dichten. Ich bin ein Optiker, kein Poet. Ich kann überhaupt nicht schreiben.

CERNY Dafür ist es aber recht gut gelungen, finde ich.

HENRICH Das letzte Gedicht, das ich geschrieben habe, war ... war ... ein Muttertagsgedicht. Für meine Mutter ...

CERNY No, dann ist es ohnehin allerhöchste Zeit geworden.

HENRICH Und damals war ich sieben Jahre alt.

CERNY Alleine, dass Sie es noch wissen, zeigt, wie einschneidend dieses Erlebnis war. So was vergisst man sein Leben lang nicht.

HENRICH Das ist hirnrissig. Ich und ein Gedicht. Das würde mir meine Frau niemals abnehmen.

CERNY Was würde sie Ihnen nicht abnehmen? Dass Sie sie lieben?

HENRICH Das schon, das vielleicht noch am ehesten.

CERNY No, also. Nichts anderes steht in Ihrem Gedicht. Lesen Sie doch einmal.

HENRICH Nein, ich lese das nicht, ich weigere mich. Das ist mir peinlich. Das ist wirklich nicht mein Ding. Woher kommt das überhaupt? Wer hat das ...? Wer hat das ...? Haben Sie das etwa selbst ...?

CERNY Gedichtet? No, sagen wir, wir haben es gemeinsam gemacht. Sie haben diese wunderbare Idee geliefert, Sie haben das Gerüst errichtet. Und wir beide haben dann ein bisschen daran gefeilt, haben dem Gedicht sozusagen den letzten Feinschliff gegeben, nicht wahr.

3.

In dieser für den Bankkunden Alfred Henrich höchst prekären Situation öffnet sich nach kurzem Klopfgeräusch die Tür. Tanja Drobesch betritt schwungvoll den Raum. Sie steuert direkt auf die Herren zu und begrüßt sie herzlich. Sie ist gut gelaunt und wirkt gar ein wenig aufgekratzt. Schnell stellt sich heraus, was der Grund dafür ist. Drobesch hat noch jemanden mitgebracht. Eine schick gekleidete, anmutige und selbstsicher auftretende Frau Mitte dreißig stößt zur Gruppe dazu: Ulli Henrich, die Ehefrau.

DROBESCH Überraschung.

Man begrüßt einander. Drei der vier Personen reagieren auf das unerwartete Zusammentreffen äußerst positiv. Die vierte Person befindet sich in einem mittlerweile chronisch erbärmlichen Zustand, versucht aber nach außen hin Fassung zu bewahren.

HENRICH *(tief entsetzt)* Ulli, DU? Hier? Ich dachte, du bist auf der Uni.

CERNY *(entzückt)* Ah, die gnädige junge Frau studiert.

ULLI *(souverän)* Nein, nein, das habe ich schon hinter mir. Ich unterrichte.

DROBESCH Sie ist Dozentin.

CERNY *(beeindruckt)* Da schau her. Und in welche Fachrichtung hat es Sie gedrängt, wenn ich fragen darf?

»Ulli-Maus« wirkt in ihrem Auftreten alles andere als mäuschenhaft.

ULLI Ich bin Labortechnikerin. Biophysik. Nuklearenergie.

CERNY Ah, daher diese starke natürliche Ausstrahlung. *(Er lacht laut auf.)* Ein bisschen Spaß muss sein, nicht wahr.

HENRICH *(verkrampft)* Was bitte machst du hier?

ULLI *(kokett, lächelnd)* Liebling, auch ich habe meine kleinen Geheimnisse. Nein, Scherz, Tanja, also Frau Drobesch, und ich,

84

wir haben eine Besprechung gehabt. Erzähle ich dir später. Da sagt sie mir, dass du zufällig auch gerade im Haus bist, sogar beim Herrn Direktor höchstpersönlich.

CERNY No, das nenne ich einmal eine geglückte Terminüberschneidung, nicht wahr.

HENRICH Frau Drobesch und du, ihr kennt euch?

ULLI Ja, seit ungefähr einer Stunde.

Die Frauen lächeln einander an. Ulli Henrich wendet sich ihrem Mann zu.

ULLI *(im Flüsterton)* Du, die sind ja reizend hier, so herzlich, so entgegenkommend, richtig fürsorglich. Das kennt man gar nicht von einer Bank. Und du Schuft hast mir verschwiegen, dass du mit dem Direktor so eng bist.

HENRICH *(sehr angespannt)* Nein, nein, nein, Vorsicht, das täuscht ...

ULLI Was soll täuschen? Sieh dich einmal um, wo du da bist. Da hängen die Picassos. Und der Chef empfängt dich hier auf seiner Minotti-Couch. Das ist doch richtig cool. Frau Drobesch sagt, du bist ein bevorzugter Kunde, ein Freund des Hauses fast schon. Und mir verrätst du kein Sterbenswörtchen davon. Bei mir jammerst du immer nur, wie böse alle zu dir sind und wie ungerecht die Welt ist.

HENRICH Ulli, es ist ganz anders, als du glaubst. Ich bin hier überhaupt nicht bevorzugt, ganz im Gegenteil. Du ahnst nicht ...

ULLI Alfred, bitte, sei nicht immer so negativ. Du musst dein Licht nicht immer unter den Scheffel stellen. Kannst du dich nicht einmal über etwas freuen und einfach nur die nette Atmosphäre hier genießen. Du, das sind entzückende Menschen. Und der Chef des Hauses ist ... wow, der ist obendrein ein richtig ... interessanter Mann.

HENRICH Den kannst du vergessen, er ist schwul.

ULLI Warum soll ich ihn vergessen, ich will ja nichts von ihm. Komm, Fredi, tu mir den Gefallen und reiß dich zusammen, bitte, mach es mir zuliebe. Du weißt, heute ist immerhin unser ...

HENRICH Ulli-Maus, glaub mir, du siehst die Dinge komplett falsch, wir sollten hier schleunigst ...

Cerny unterbricht mit gefüllten Limoncello-Gläsern, die er den Anwesenden gestenreich in die Hand drückt. Anschließend prostet er ihnen stilvoll zu und schließt, assistiert von Frau Drobesch, eine kleine Festrede an.

CERNY *(feierlich)* No, also herzlich willkommen zum Familientreffen in meinem Büro. Es freut mich außerordentlich, die charmante Frau Henrich, von der ich schon einiges gehört habe, auch einmal persönlich kennenzulernen. Und das noch dazu ... Dürfen wir das schon verraten, Frau Drobesch?

Drobesch holt sich Ulli Henrichs nickendes Einverständnis ein.

DROBESCH Aber sicher.

CERNY Das noch dazu an einem ganz besonderen Tag, nicht wahr, lieber Herr Henrich. Dann erheben wir unser Glas und wünschen euch, liebe Frau Ulli, lieber Herr Alfred, alles, alles Gute zu eurem zehnten Hochzeitstag. Und dass noch viele weitere Dekaden an gemeinsamen glücklichen Jahren folgen werden, nicht wahr.

Man prostet einander zu.

ULLI Danke, das ist so reizend. Und so aufmerksam. *(Trinkt einen Schluck.)* Mmmm, schmeckt phantastisch. Daran könnten wir uns gewöhnen, Alfred, gell?

HENRICH *(leise zu Ulli)* Du, wir sollten dann wirklich langsam.

Cerny und Drobesch stecken ihre Köpfe zusammen, sie tuscheln in auffälliger Art und Weise, lächeln schwärmerisch und richten dabei ihre Blicke auf das Paar.

ULLI Sprechen Sie über uns?

DROBESCH *(geheimnisumwittert)* Nun ja, wir hatten da nur so einen ... ähnlichen Gedanken.

ULLI Was für ein Gedanke?

CERNY No, es liegt gewissermaßen noch etwas Besonderes hier in der Luft.

DROBESCH Aber das sollte Ihnen vielleicht doch besser Ihr Mann selbst mitteilen.

Ulli Henrich schaut Alfred erwartungsvoll an. Er windet sich vor Pein.

CERNY Respektive überreichen. Er hat nämlich etwas ganz und gar Außergewöhnliches für Sie ... geschaffen. Es hat mich heute schon, ich gestehe es, zu Tränen gerührt.

ULLI *(ungläubig)* Du hast etwas ... geschaffen? Etwas Außergewöhnliches? Für mich? Sag schon. Was ist es?

Henrich bringt kein Wort heraus.

DROBESCH Es ist sein Geschenk für Sie, zum zehnten Hochzeitstag.

CERNY Ein Geschenk, wie es wunderbarer gar nicht sein könnte.

ULLI Wirklich?

HENRICH *(kläglich)* Nein, nein, das ist maßlos übertrieben. Es ist gar kein Geschenk, eigentlich. Ich selbst habe damit im Grunde gar nichts zu tun ... Ich habe nur, ich wollte nur, es ist ein bisschen kompliziert, ich erkläre dir das alles daheim ...

DROBESCH Mein Gott, und er ist so bescheiden.

ULLI Ja. Bescheiden und stur und bockig, das ist er. Jetzt zier dich nicht so, jetzt sag schon endlich, was es ist. Ich bin sooooo neugierig.

HENRICH Mir wäre aber bedeutend lieber, wenn wir das vielleicht zu Hause, also privat ...

CERNY No, viel privater als hier kann es bei Ihnen zu Hause wohl auch nicht mehr sein.

Mit diesen Worten schenkt Cerny Limoncello nach.

ULLI Ich finde es auch urgemütlich hier. Vielen Dank, dass Sie sich die Zeit dafür nehmen. So etwas ist wirklich nicht mehr selbstverständlich heutzutage.

Ulli Henrich wirkt bei solchen Aussagen niemals devot, sondern befindet sich quasi auf Augenhöhe mit den Bankern, als wäre das hier der ihr standesgemäß zustehende Platz.

CERNY Herr Henrich, jetzt haben Sie uns so schön in alles eingeweiht, haben uns an der Entstehungsgeschichte teilhaben lassen. Ich selbst durfte sogar ein bisschen mitarbeiten.

ULLI *(beeindruckt)* Wirklich? Woran?

CERNY Nun wollen wir aber schon auch gerne dabei sein, wenn das Werk dann sozusagen zu seiner feierlichen Überreichung gelangt, nicht wahr, Frau Drobesch.

ULLI *(enthusiastisch)* Es ist ein Werk? Was für ein Werk? Hast du etwas repariert?

HENRICH Nein, nein, ich repariere doch nichts, also ich meine, ich schenke doch nichts, was ich repariere ...

ULLI Oder gebastelt?

HENRICH Gebastelt? Ulli, es ist ganz anders ... Es ist ganz anders gekommen, als ich ursprünglich ...

ULLI Oder entworfen? Eine besondere Brille vielleicht?

HENRICH Nein, es ist keine besondere ... Es ist auch keine Brille. Du, wollen wir nicht besser ...

ULLI Also komm schon, Liebling. Rück raus damit. Ich bin so gespannt. Bitte, bitte, bitte! Was ist es?

HENRICH *(tief seufzend)* Also gut, es ist ...

DROBESCH Ein Gedicht.

HENRICH *(mit reumütig gesenktem Kopf)* Ja. Ehrlich.

ULLI Ein Gedicht? Von ...?

DROBESCH Ihrem Mann.

ULLI *(außer sich)* Nein. Alfred? Du? Du dichtest? Seit wann?

HENRICH *(niedergeschlagen)* Seit heute.

DROBESCH Er hat es für Sie geschrieben, liebe Ulli.

CERNY Es ist ein Liebesgedicht.

ULLI *(außer Rand und Band)* Du hast für mich ein Liebesge-dicht geschrieben? Wahnsinn. Ich glaub's nicht.

HENRICH *(in sich versunken)* Ich hätte es auch nicht für möglich gehalten.

CERNY No, dann wollen wir.

Cerny deutet an, seinen Arm um Henrichs tief hängende Schultern zu legen. Henrich lässt sich wie eine Marionette zu dem Tisch füh-ren, auf dem das Büchlein liegt. Wie ferngesteuert nimmt er es auf,

kehrt zurück und überreicht es leidenschaftslos und mit gesenktem
Blick seiner Frau.

Ulli Henrich schlägt das Büchlein auf, verschlingt den Text in
Windeseile, klappt den Deckel gleich wieder zu, blickt ihrem
Ehemann, wie frisch verliebt, betörend tief in die Augen. Auch
der Limoncello dürfte da bereits seine Spuren hinterlassen ha-
ben.

ULLI *(dahinschmelzend)* Liebling, das ist soooo schön.

HENRICH Schön?

ULLI Ja. Und ich hab einen großen Wunsch.

HENRICH *(ängstlich)* Ehrlich?

ULLI Ich möchte, dass du es mir vorliest.

HENRICH *(panisch)* Was? Ich? Soll? Dir? Das? Vorlesen? Wo?
Aber nicht hier.

ULLI *(ungeduldig, zappelig)* Doch. Hier und jetzt. Bitte. Es ist
mein Wunsch, es ist mein großer, großer Wunsch. Ich habe
nachher auch eine Überraschung für dich, aber jetzt kommst
du. Bitte, bitte. Lies!

CERNY No, da würden Sie uns aber allen miteinander eine Rie-
senfreude bereiten. Wir sind ja sozusagen Henrich-Fans der

ersten Stunde. Wir dürfen also um den Vortrag bitten. Ich werde zur Sicherheit mein Taschentuch bereithalten.

Alfred Henrich hat seinen Widerstand aufgegeben. Der leidenschaftliche Wille seiner Frau hat für ihn offenbar allerhöchste Priorität. Er nimmt das Büchlein zur Hand und studiert es. Zwischendurch huscht ihm sogar ein selbstironisches Lächeln über die Lippen. Schließlich nimmt er auf linkische Weise so etwas wie eine Dichterpose ein und beginnt mit der Überschrift.

HENRICH Albumblatt für Ulli.

Henrich räuspert sich. Dann macht er sich an den Vortrag, bei dem ihn offenbar seine Kindheit einholt. – Es klingt, als würde ein Siebenjähriger ein Muttertagsgedicht aufsagen respektive herunterleiern. Und wie eine echte Muttertagsmutter wirkt Ulli Henrich dabei bemüht gerührt. Auch Drobesch reagiert entzückt. Cerny fiebert mit – und leidet.

HENRICH Ein Sommer ohne dich, das ist kein Sommer.
Die Sonne macht sich lächerlich,
Ohne dich braucht sie gar nicht kommen ...

CERNY Aus. Aus. Aus. Kurze Unterbrechung.

Cerny nimmt Henrich zur Seite, geht mit ihm einzelne Passagen durch und führt ihm vor, wie sie zu betonen sind. Danach probiert es Henrich ein zweites Mal. Er trägt nun das vollständige Gedicht vor. Dabei steigert sich seine Ausdrucksfähigkeit von Zeile zu Zeile,

er scheint sich mit dem Text immer besser anzufreunden. Gegen
Ende zu klingt es tatsächlich so, als würde er als Liebender innig zu
seiner Frau sprechen. Cerny begleitet den Vortrag mit emotioneller
Hingabe, mit großen Posen und dramatischen Gesten. Manchmal
rutscht ihm vorschnell ein Wort des Textes über die Lippen.

HENRICH Ein Sommer ohne dich, das ist kein Sommer.
    Die Sonne macht sich lächerlich,
    Ohne dich braucht sie gar nicht kommen.
    Ein Winter ohne dich, das ist kein Winter.
    Denn wenn mir heiß wird, obwohl es kalt ist,
    dann steckst du dahinter.

CERNY Sehr schön.

HENRICH Eine Landschaft ohne dich ist keine Landschaft.
    Mit einer Wiese, in der du nicht liegst,
    mache ich keine Bekanntschaft.

CERNY Sehr, sehr schön.

HENRICH Ein Himmel ohne dich, das ist kein Him...

CERNY *(warnt vor einer Textfalle)* Aufpassen.

HENRICH Ein Himmel ohne dich, das ist kein Firmament.
    Ewig schade um jeden Stern,
    der das Leuchten deiner Augen nicht kennt.

CERNY Wunderschön.

HENRICH Ein Leben ohne dich wäre eine reizlose G'schicht.
Keine Ahnung, wie es ein anderer schafft,
der dir nie nah sein kann wie ich.

CERNY Wunderwunderschön.

HENRICH Eine Zukunft ohne dich hätte keine Zukunft für
mich.
Denn wenn ich heut' an morgen denk,
dann denk ich nur an dich.

*Das Gedicht hat voll eingeschlagen. Ulli fällt ihrem Mann um den
Hals und küsst ihn. Tanja Drobesch applaudiert, zu Tränen gerührt. Und Cerny ist sowieso aus dem Häuschen. Er lässt den ver-
meintlichen Lyriker Henrich hochleben, feiert aber in Wirklichkeit
sich selbst. Er posiert wie einer, der soeben coram publico den Durch-
bruch zum literarischen Bühnenstar geschafft hat.*

*Selbst Alfred Henrich kann sich der Euphorie nicht entziehen – und
vergisst für einige Momente die tristen Begleitumstände seines so
stürmisch umjubelten Auftritts.*

HENRICH *(zu Ulli)* Und es hat dir wirklich gefallen?

ULLI Es war wunderbar, Liebling. Natürlich, das Besondere daran waren jetzt nicht unbedingt die einzelnen ... wie sagt man ...
die Verse selbst. Ich meine, du als Optiker ... das ist wirklich

nicht dein Gebiet. Aber das spielt überhaupt keine Rolle. Es kann ja nicht jeder ein Goethe sein.

CERNY *(leicht brüskiert, im Hintergrund)* No.

ULLI Aber ich finde es einfach soooo schön, dass du das geschrieben hast und gleichzeitig ganz, ganz fest an mich gedacht hast. Das spürt man in jedem Wort, und das macht dieses Geschenk so echt. Und so einmalig. Das ist wertvoller als jedes teure ...

DROBESCH Collier.

CERNY No, aber die literarische Qualität war schon auch sehr ansprechend, um nicht zu sagen, beeindruckend. Das soll hier bitte nicht zu kurz kommen, nicht wahr, Frau Drobesch. Auch ein Shakespeare ist nicht über Nacht berühmt geworden.

DROBESCH *(versteckt und augenzwinkernd zu Cerny)* Für mich sind Sie zweifelsfrei ein großer Meister der Dichtkunst. Und gewisser anderer artverwandter Künste.

4.

Der Limoncello, der eifrig herumgereicht wird, schweißt die Gruppe zusammen. Die Frauen haben offenbar noch etwas zu besprechen und halten sich im Hintergrund auf. Alfred Henrich nützt die Gelegenheit, um Direktor Cerny noch einmal ins Gebet zu nehmen.

HENRICH Also danke für dieses ... dieses Gedicht. Ich weiß zwar nicht, was genau das jetzt gerade war, ich will es eigentlich auch gar nicht wissen, aber es hat auf rätselhafte Weise irgendwie erstaunlich gut funktioniert. Was, äh, kriegen Sie dafür?

CERNY *(befremdet)* Kriegen?

HENRICH Ja, ich meine, was kostet das?

CERNY Kosten?

HENRICH Ja, was bin ich Ihnen schuldig?

CERNY Schuldig?

HENRICH Ja, was muss ich dafür ... bezahlen? Können Sie es vielleicht gleich von der Summe abziehen, die Sie mir dann im Anschluss wie versprochen ... aushändigen werden?

CERNY *(entsetzt)* Bezahlen. Abziehen. Aushändigen. Bitte, wovon reden Sie?

HENRICH Ich rede von meinem Geld.

CERNY *(angewidert)* Geld. Sein Geld. Oh Gott. Er kann es nicht lassen. Jetzt sind wir schon wieder dort angelangt. Wieder zurück zum Start. Das erschüttert mich. Herr Henrich, ich gestehe, ich bin maßlos enttäuscht von Ihnen.

HENRICH Wieso?

CERNY Weil Sie nichts kapiert haben.

HENRICH Was hab ich schon wieder nicht kapiert?

CERNY Nichts von unserer bahnbrechenden Demonstration. Nichts von dem historischen Exempel, das wir an Ihnen soeben erfolgreich statuiert haben.

HENRICH Äh, was genau haben Sie da ... statuiert oder demonstriert?

CERNY No, nichts Geringeres als die Bank der Zukunft.

HENRICH *(spöttisch)* Ah, und die besteht aus – Gedichten, die man den Kunden unterjubelt?

Cerny setzt zu einer Grundsatzerklärung an.

CERNY Herr Henrich, ich bin ein Dienstleister, und ich bin ein Visionär. Ich bin nicht Banker geworden, um es einer seelenlosen Maschine, einem Geldautomaten gleichzutun. Da *(er zeigt auf seinen Mund)* steckt man die Karte rein, und da *(er deutet auf seinen Arsch)* kommen die Scheine heraus. Nicht mit mir.

HENRICH *(halblaut)* Interessant.

CERNY Schluss mit der verlogenen Ära der wundersamen Geldvermehrung. Vorbei die Zeiten, wo die Leute glauben, sie können uns ihre überflüssigen Euros zur gewinnbringenden Aufbewahrung in die Hand drücken wie eine Tüte Eiscreme. Und wenn sie drei Jahre später vorbeikommen, dann stehen wir noch immer da, mit ihrem Eis in der Hand. Und, oh Wunder der Wirtschaft, das Eis ist nicht geschmolzen, aber nein, aber woher denn, ganz im Gegenteil. Da ist noch ein dicker Tupfen Schoko-Eis darauf gekommen, wie von Zauberhand geleitet. Ich sage: Schluss mit dem Börsen-Schwindel. Schluss mit der Zahlen-Blenderei. Da mache ich nicht mehr mit.

HENRICH *(halblaut)* Mutig.

CERNY *(fanatisch)* Ich habe andere Ansprüche. Es zählt der Mensch, und es ist hoch an der Zeit, die Ideale, die wir Banker in der Werbung seit vielen Jahren predigen, in die Tat umzusetzen. Wir hier gehen neue Wege. Wir pflegen den persönlichen, den privaten Kontakt zu unseren Kunden. Wir wollen Leuten wie Ihnen eine Familie sein.

HENRICH *(irre lächelnd)* Sie wollen Leute wie mich auf den Arm nehmen.

CERNY *(ungebremst)* Nein, falsch! Wir wollen Leuten wie Ihnen unter die Arme greifen. Das ist unsere Aufgabe. Wir vermitteln Geborgenheit und Sicherheit. Zu uns in die Bank kommen heißt nach Hause kommen. Die Menschen geben uns ihr unnötiges Geld – wir liefern die notwendigen Lösungen für ihr Leben. Wir versorgen sie mit unseren Ideen. Ein Gedicht zum Hochzeitstag. Ein Tipp für die Kinderbetreuung. Ein gemeinsames Osterfrühstück. Adventsingen unter dem Christbaum hier bei uns.

HENRICH *(murmelnd)* Adventsingen in der Bank, schöne Bescherung.

CERNY Trauerarbeit, wenn ein lieber Angehöriger verstorben ist. Beistand bei Eheproblemen. Wohin mit meinem Hund im Urlaub? – Hierher, zu uns! Und, und, und. Immer ein offenes Ohr für unsere Kunden, immer eine starke Schulter. Immer innovativ und kreativ. Immer für Sie da. Das, lieber Herr Henrich, das ist die Bank der Zukunft. Haben Sie mich jetzt verstanden?

HENRICH *(kleinlaut)* Ja, ich ... befürchte es. Äh, könnte ich dann bitte in der Bank der Gegenwart – bevor sie der Vergangenheit angehört – noch rasch meine 40 000 Euro ...

*Unterbrechung. Ulli Henrich und Tanja Drobesch – fröhlich, ausge-
lassen und spürbar vom Limoncello gezeichnet – gesellen sich zu
den Herren. Ulli beugt sich zu ihrem Mann und flüstert ihm etwas
zu.*

ULLI Liebling, habt ihr das mit dem Kredit für die Haussanie-
rung eigentlich schon geregelt?

HENRICH *(verzweifelt)* Ulli-Maus, glaub mir, das ist so ungefähr
der schlechteste Zeitpunkt, um über diesen Scheißkredit ...

ULLI *(lächelnd)* Macht nämlich gar nichts, wenn das noch
nicht fixiert ist. Wollte ich dir nur schnell sagen. Du wirst
gleich sehen, warum. Du wirst Augen machen.

*Drobesch hebt feierlich, wenn auch leicht schwankend, ihr aber-
mals gefülltes Limoncello-Glas und beginnt mit einer kleinen, von
mittelschwerem Zungenschlag getragenen Ansprache.*

DROBESCH Lieber Herr Direktor, liebe Freunde, liebe Ulli, lieber Herr Henrich, darf ich Fredi sagen?

Henrich nickt willenlos.

DROBESCH Wir haben heute noch mit einer zweiten Überraschung im Hause Henrich aufzuwarten. Auch die Ulli hat sich
für ihren Fredi anlässlich ihres zehnten Hochzeitstages etwas
ganz Besonderes einfallen lassen. Wobei – es ist ihr mehr zuge-
fallen als eingefallen. Sie ist praktisch in etwas hineinge-

fallen ... oder darüber gestolpert. Aber was rede ich da herum, das soll sie uns am besten selbst erzählen. Ich übergebe das Wort an unsere neue Freundin, die Ulli.

Ulli Henrich wendet sich direkt an ihren Ehemann. Ihre Rede beginnt sentimental.

ULLI Lieber Fredi, du weißt, wir haben keine leichte Zeit hinter uns. Zuerst die Quarantäne. Dann der Tod der Mama. Dann die Sache mit Jeremy ...

DROBESCH Wer ist Jeremy?

HENRICH *(aufbrausend)* Also das gehört wirklich nicht hierher.

ULLI Warum nicht? Unter Freunden gibt es keine Geheimnisse. – Jeremy war, na ja, ich will es gar nicht schönreden, ein Seitensprung. Das war so nicht geplant. Es hat mich einfach – übermannt. Dieser Blick, dieser Wahnsinnskörper, oh Gott. Es war aber wirklich nur rein sexuell. Und es ist aus und vorbei. Wir sehen uns nicht mehr. Jeremy ist weg.

CERNY Wo ist er hin?

ULLI Zurück nach Jamaica.

HENRICH *(aggressiv zu Cerny)* Und Sie sagen jetzt nicht »No«, Sie sagen jetzt sicher nicht »No«. Ihr »No« hängt mir zum Hals heraus. Ich kann es nicht mehr hören, ich ertrage es nicht mehr. Ihr »No« ist ein No-Go. Verstanden?

CERNY *(im Tonfall von »No«)* Gut, gut.

HENRICH *(verärgert)* So, Schluss jetzt damit.

ULLI Okay, vergessen wir Jeremy. Aber die größte Belastung war sicher das alte Haus der Eltern. Alfred, und das war ganz allein deine Schuld, das hast du uns eingebrockt. Ich wollte ein hübsches kleines Fertighaus, aber du Sturkopf hast diesen Bastlerhit durchgeboxt.

DROBESCH Der Sie dann faktisch an den Rand des Ruins gebracht hat.

ULLI Ja. Ich wüsste nicht, was wäre, wenn Alfred da nicht die Bank, also euch im Rücken gehabt hätte ...

HENRICH *(fahrig)* Bitte weiter.

ULLI Also das Haus ist jetzt so halbwegs fertig saniert, glaube ich zumindest, Fredi, oder?

HENRICH Halbwegs, ja.

ULLI Nur den versifften Dachboden, den hat noch immer kein Mensch betreten. Er war nämlich verriegelt.

HENRICH Wie kommst du jetzt auf den Dachboden?

ULLI Weil es nicht stimmt.

HENRICH Was stimmt nicht?

ULLI Dass ihn kein Mensch betreten hat.

HENRICH Wieso?

Ulli Henrich lächelt jetzt öfter und tut geheimnisvoll.

ULLI Ich hab ihn nämlich betreten.

HENRICH Ah so? Du warst im Haus? Ich hab dir doch ausdrück-
lich ... also wir haben doch ausgemacht, dass du das Haus erst
dann betreten sollst, wenn es wirklich fertig ...

ULLI Ich war auf dem Dachboden.

HENRICH Wann?

ULLI Gestern. Ich hab nach alten Fotos gesucht, habe aber
keine gefunden.

HENRICH Und?

ULLI Ich hab dafür aber etwas anderes gefunden.

CERNY N..., da schau her.

ULLI *(zu Drobesch)* Tanja, bist du so lieb, und kannst du es herbringen?

Frau Drobesch verschwindet kurz und kommt dann mit einem riesigen, staubigen, zerknitterten, alten, gut gefüllten und offensichtlich schwergewichtigen Plastiksack zurück. Sie lässt ihn vor Ulli behutsam auf den Boden gleiten, hört aber nicht mehr auf, ihn mit Argusaugen zu betrachten.

ULLI *(feierlich zu ihrem Mann)* Das ist mein Geschenk an uns beide zum zehnten Hochzeitstag. Rate einmal, was da drinnen ist?

HENRICH Ich bin schlecht im Raten.

ULLI *(strahlend)* Dann schau nach.

Henrich öffnet den Sack, schaut hinein, wirkt extrem überrascht, greift hinein und nimmt ein Bündel Hundert-Euro-Scheine heraus. Nach und nach wird ihm die Bedeutung dieses Fundes bewusst, und seine spontane Freude erreicht ungeahnte Dimensionen.

HENRICH *(euphorisch)* Geld! Echtes, greifbares, verfügbares Bargeld.

Cerny gähnt demonstrativ.

ULLI *(enthusiastisch)* Wahnsinn, oder? Das sind 143 000 Euro. Die gesamten Ersparnisse von Mama und Papa. Auf den Sparbüchern war ja nichts, das heißt, sie hatten gar keine Sparbücher. Den Banken haben sie ja bis zuletzt misstraut.

HENRICH *(für sich)* Gott, wie klug.

ULLI Aber ich hab gewusst, dass etwas da sein muss. Sie haben ja ihr Leben lang nur gespart, sie haben sich selbst nichts gegönnt.

CERNY No, sie haben eben nicht geurasst.

ULLI Und jetzt werden wir dafür belohnt. Wir beide. Ist das nicht wunderbar?

Alfred Henrich stürmt auf Ulli zu und umarmt sie.

HENRICH *(entspannt und glücklich)* Ulli-Maus, weißt du, was das bedeutet? Wir sind wieder frei.

Drobesch und Cerny spenden auf abgeklärte Art und Weise Beifall. In der neuen Glückseligkeit des Alfred Henrich gibt es allerdings noch einen kleinen Störfaktor. Henrich wendet sich Ulli zu.

HENRICH *(flüsternd)* Du, müssen die da eigentlich die ganze Zeit dabei sein? Ich meine, warum hast du das Geld extra hierhergebracht? Du hättest mich doch auch daheim damit überraschen können.

ULLI Ja, aber ich finde es so doch viel netter, in der Gemeinschaft. Außerdem ist es praktischer.

HENRICH Wieso praktischer?

ULLI Na ja, dann ist das Geld gleich an Ort und Stelle.

Erste Vorboten eines an Furchterregung nicht zu überbietenden Gedankens haben soeben das Großhirn Alfred Henrichs erreicht.

HENRICH *(geschockt)* Was heißt an Ort und Stelle?

ULLI *(eilig)* Warte, warte.

Ulli erhebt ihre Stimme und spricht wieder zu allen dreien.

ULLI *(stolz)* Wer mich kennt, Fredi, weiß, dass ich keine halben Sachen mache. Es freut mich so sehr, dass ich nach diesem unglaublichen Glücksfall gleich bei der richtigen Adresse gelandet bin. Denn freundlicher und persönlicher kann die Atmosphäre in einer Bank gar nicht sein. Frau Drobesch, also Tanja, und ich, wir hatten ein tolles Verhandlungsgespräch in einem sehr netten und herzlichen Klima. Und so konnten wir uns rasch einigen. Die Konditionen sind gut. Die Verträge sind unterzeichnet. Das Geschäft ist abgeschlossen.

HENRICH Nein.

Bei Alfred Henrich setzt ein rascher, von erstickten Aufschrei-Ver-
suchen, tobenden, aber auch depressiven Gesten und kleinen Irrläu-
fen begleiteter Verfallsprozess ein. Ulli Henrich ist so sehr auf ihre
feurige Rede konzentriert, dass sie davon gar nichts mitbekommt.

ULLI Besitz hat sehr viel mit Vertrauen zu tun. Alfred und ich,
wir sind nicht die Typen, die unser Geld am Dachboden horten
und es ein Leben lang nicht anrühren. Wir wollen es verlässlich
und sicher angelegt haben. Unser Geld muss arbeiten. Da wollen wir es natürlich in guten Händen wissen. Ja, und ich denke,
eure Hände, liebe Tanja, lieber Herr Direktor ...

CERNY No, Julius.

ULLI Also eure Hände zählen sicher zu den besten in der Bran-
che, nicht nur beim Einschenken von Likör.

DROBESCH *(lächelnd)* Ich glaube übrigens, unser Fredi hat ein
bisschen zu viel davon abbekommen.

Drobesch deutet auf Henrich, der zusammengesackt ist und sein
Gesicht in den Händen vergräbt.

CERNY No, es war ja heute wirklich viel auf einmal, nicht wahr.

Wir sind bei der Schluss-Szene angelangt. Alfred Henrich kauert
im Vordergrund regungslos am Boden. Direktor Cerny und Frau
Drobesch holen immer neue Silber-Koffer und kleine Tresore auf die
Bühne und beginnen, das Geld aus dem Sack fein säuberlich darin

zu verstauen. Auch Ulli Henrich hilft ein bisschen mit, gönnt sich aber auch letzte kleine Limoncello-Trinkpausen.

Im Hintergrund wird auf einer riesigen Leinwand eine Art Kino-Abspann heruntergerollt: eine Sammlung von Werbeslogans heimischer Bankinstitute.

»Unser Land braucht Menschen, die an sich glauben. Und eine Bank, die an sie glaubt.«
»Eine Bank fürs Leben.«
»Was zählt, sind die Menschen.«
»Willkommen in Österreich. Weil jeder Mensch zählt.«
»Wir machen den Weg frei.«
»Wo wir verwurzelt sind, wachsen uns Flügel.«
»Gemeinsam stärker.«
»Mehr Zeit für Ihre wahre Leidenschaft.«
»Mein Weitblick ist für Sie da.«
»Vertrauen ist der Anfang von allem.«
»Sie leben. Wir kümmern uns um die Details.«
»Die Bank der Zukunft.«
»Zukunft entsteht, wo jemand an sich glaubt. Und dieser jemand bist du!«

ENDE

Autor

Daniel Glattauer, 1960 in Wien geboren, wurde durch seine Kolumnen bekannt, die er als Journalist für die Tageszeitung *Der Standard* schrieb. Mit den beiden E-Mail-Romanen »Gut gegen Nordwind« und »Alle sieben Wellen« gelangen ihm zwei Bestseller, die auf der ganzen Welt gelesen werden und auch als Hörspiel, Theaterstück und Hörbuch und zuletzt als Kinoverfilmung erfolgreich waren.

Weitere Informationen zu Daniel Glattauer unter:
www.daniel-glattauer.com